세상S 현대 판타지 장편소설
WISHBOOKS MODERN FANTASY STORY

네 멋대로 던져라

네 멋대로 던져라 4

세상S 현대 판타지 장편소설

초판 1쇄 찍은 날 | 2018년 10월 5일
초판 1쇄 펴낸 날 | 2018년 10월 15일

지은이 | 세상S
펴낸이 | 예경원

기획 | 위시북스
편집책임 | 이규재
편집 | 위시북스

펴낸곳 | 예원북스
등록번호 | 제396-2012-000132호
등록일자 | 2012. 7. 25
KFN | 제1-318호

주소 | 경기도 고양시 일산동구 호수로 646-24 위너스21II빌딩 206A호 (우)10401
전화 | 031-819-9431 팩스 | 031-817-9432
E-mail | yewonbooks@naver.com

ISBN 979-11-89450-66-3 04810
979-11-89348-96-0 (set)

※ 이 도서의 국립중앙도서관 출판시도서목록(CIP)은 서지정보유통지원시스템 홈페이지(http://seoji.go.kr)와 국가자료공동목록시스템(http://www.nl.go.kr/kolisnet)에서 이용하실 수 있습니다.

메이저리거의 무게

세상S 현대 판타지 장편소설

WISHBOOKS MODERN FANTASY STORY

네 멋대로 던져라

Wish Books

네 멋대로 던져라

CONTENTS

· 20장 ·

미스터 구(1)

I.

"안녕하세요. <스포츠 투데이> 아나운서 안지현입니다. 오늘 첫 소식은 메이저리그 소식인데요. 이종인 해설위원님, 메이저리그에서 아주 재미난 소식이 전해졌어요."

"네, 작년 에인절스와 계약을 맺었던 구현진 선수가 오늘 호주 개막전 2차전에서 선발 등판을 했는데요. 2피안타 완봉승을 거두었습니다."

"네, 정말 대단한데요. 미국에 간 지 1년 만의 쾌거라고 볼 수 있겠지요?"

"그렇습니다. 구현진 선수는 작년 후반기에 한차례 등판 후 마이너리그로 내려갔었는데요. 올해 시범 경기에서 좋은 성적을 올리며 선발진에 합류하게 되었습니다."

"네, 구현진 선수가 어떻게 메이저리그에 안착했는지 간략하게 설명해 주셨는데요. 오늘 구현진 선수의 하이라이트 장면을 보고 다시 이야기 나누도록 하겠습니다."

안지현 아나운서의 말이 끝나자 화면이 바뀌며 구현진의 하이라이트 장면이 나왔다.

-자! 구현진, 완봉승까지 아웃카운트 한 개 남았습니다. 올해 메이저리그에 첫 출전 한 루키, 구현진. 믿기 힘들지만 컵스를 상대로 완봉승을 눈앞에 두고 있습니다. 말씀드리는 순간, 와인드업에 들어가는 구현진 선수. 던졌습니다. 리노 브라이언트 헛스윙. 삼진! 구현진 첫 선발 등판에서 완봉승을 거둡니다!

-정말 대단합니다. 루키가 그것도 첫 등판에서 강팀 컵스를 상대로 완봉승을 거두었습니다.

-무엇보다 마지막 타자 리노 브라이언트를 헛스윙 삼진으로 잡았던 것이 압권이었습니다. 구속이 무려 98mile/h(≒158㎞/h)까지 나왔어요.

-호주 개막전 시드니 크리켓 구장에서 구현진이 최종 점수 3 대 0으로 승리를 따냈습니다.

곧바로 화면이 바뀌어 인터뷰 장면으로 넘어갔다.

오늘의 MVP로 선정된 구현진 옆에서 금발의 미녀 아나운서가 인터뷰를 진행했다.

"오늘 경기에 대해 어떻게 생각하시나요?"

아나운서의 물음에 구현진은 한국어로 답했다. 바로 옆에 통역이 서 있었기 때문이다.

"솔직히 초반에는 많이 긴장했습니다. 하지만 마운드 위에서 평상심을 유지하려고 애썼죠. 주전 포수 말도나도가 부상으로 교체된 후 변화를 주어야 할 필요성을 느꼈습니다. 전부터 호흡을 맞춰온 혼조와 이야기를 나누었고, 후반의 공격적인 스트라이크 공략이 주효했다고 봅니다. 어쨌든 승리해서 기쁩니다."

"초반에는 약간 흔들렸지만, 후반에는 상대 타선을 거의 압도했다고 볼 수 있는데요. 그럴 수 있었던 요인은 무엇이었나요?"

"조금 전에도 말했지만 말도나도의 부상으로 교체된 혼조에게 오늘 승리의 공을 돌리고 싶습니다. 그와는 마이너리그때부터 함께 호흡을 맞춰왔고, 공격적인 리드가 저의 성향과 잘 맞았습니다. 덕분에 저도 자신감을 되찾아 원하는 곳으로 공을 잘 던질 수 있었습니다."

"브라이언트와의 대결이 특별히 흥미로웠는데요. 1회 초에 맞은 안타 하나 말고는 나머지는 모두 승리로 장식했어요. 기분은 어때요?"

아나운서가 브라이언트를 언급하자, 구현진은 살짝 안 좋은 표정을 지었다.

"솔직히 안타를 맞았을 때는 기분이 좋지 않았습니다. 그는 그 전날 저와 우리 팀을 무시하는 발언을 했고, 저는 화가 많이 난 상태였습니다. 그래서 그에게만큼은 지고 싶지 않았습니다."

구현진의 당돌한 발언에 미녀 아나운서가 조금 당황했다.

"에인절스를 무시한 것은 아니고, 구를……."

그러자 재빨리 구현진이 그녀의 말을 막았다.

"어쨌든 저는 빚지고는 못 살아요."

"아, 예에. 그럼 마지막으로 올 시즌의 목표는 무엇입니까?"

"우선 메이저리그에서 살아남는 것이겠죠. 하지만 거기에서 그치는 게 아니라, 반드시 팀의 에이스가 될 것이고, 나아가 우승을 거머쥘 것입니다."

"팀의 에이스가 되겠다. 정말 패기 넘치는 그런 대답이었습니다. 구 선수, 오늘 승리 진심으로 축하드리고 인터뷰에 응해 주셔서 감사합니다."

아나운서는 구현진에게 인사를 한 뒤 인터뷰를 마쳤다.

인터뷰 영상이 송출되었고 그 아래 수많은 댓글이 달렸다.

대부분 에인절스 팬들이었는지 구현진의 당돌한 인터뷰에 긍정적인 반응을 보였다.

ㄴ아, 구 뚱! 맘에 드네. 말하는 거 보라고.

ㄴ아시안인들은 샌님 같아서 별로였는데 구는 정말 맘에 든다.

ㄴ아, 이 새끼 너무 건방진데?

ㄴ뭐가 건방져? 2피안타 완봉이야. 게다가 말이 좋아 홈경기지 호주까지 원정 가서 컵스를 상대로 완봉을 한 거야. 이 정도 했으면 저런 말 할 만하지. 뭘 알고나 떠들어라.

ㄴ인정!

ㄴ나도!

구현진은 에인절스 팬들만 흥분시킨 것이 아니었다.

같은 시각 미국 솔트레이크 시티 평범한 가정집.

덩치 큰 백인 남성이 컴퓨터 앞에 앉아 있었다. 모니터에는 각종 스포츠 경기 결과가 나와 있었다.

"가만있어 보자……. 오늘 에인절스의 경기 결과는 어떻게 됐지?"

초조하게 결과를 확인하던 백인 남성은 결과가 나타나자 눈을 크게 떴다.

"배, 배당률이……. 3, 3천 배? 오우! 젠장! 하느님 아버지, 감사합니다. 메리! 오우! 마누라 메리!"

백인 남성은 그 자리에서 펄쩍펄쩍 뛰었다. 믿기지 않는 듯 다시 한번 사이트의 결과를 확인했다.

3 대 0 완봉승이었다.

"말도 안 돼! 내가 맞췄어! 이런 믿기지 않은 확률을 맞췄다고!"

백인 남성이 지금 보고 있는 사이트는 불법 도박 사이트 였다. 그는 번번한 직장도 없고, 집에만 틀어박혀 있는 백수 였다.

간간이 불법 도박 사이트에서 돈을 걸고, 결과를 확인하는 것으로 하루를 보내는 그런 보잘것없는 사내였다.

그는 아무 생각 없이 구현진에게 자신의 돈을 걸었다. 혹시나 하는 마음에 3 대 0 완봉승에 2피안타까지 걸었는데, 세 개를 완벽하게 맞추고 나니 어마어마한 배당률이 나왔다. 그리고 거기에 자신이 가진 100달러를 무심코 넣어버렸다.

혹시나 하는 마음에…….

혹여, 크게 한 방 터지지 않을까 하는 마음에…….

여태까지의 찌질한 삶을 벗어날 수 있지 않을까, 하는 마음에…….

마누라에게 이제 다시는 구박 받지 않을 수 있지 않을까, 하는 마음에…….

이제 다시는 불법 도박은 하지 않겠다는 하는 각오로 자신이 가진 모든 재산을 넣었다.

물론 그 약속이 지켜지지 않을 것임을 알면서도 마지막, 마지막이라고 속으로 되뇌며 실행했다. 말도 안 되는 희박한 확률이라는 생각도 했다.

그런데 기적이 일어났다.

다시 봐도 결과는 바뀌지 않았다.

"세, 세상에 이런 일이! 드, 드디어 나에게도 이런 행운이 오다니! 믿기지가 않아! 지저스!"

백인 남성이 온 거실을 방방 뛰며 난리 치고 있을 때, 침실 쪽에서 중년 여성의 목소리가 들려왔다.

"여보! 왜 큰 소리를 치고 난리야. 나 자고 있잖아!"

가운을 걸친 뚱뚱한 백인 여자가 나왔다. 그녀의 얼굴에는 짜증이 잔뜩 묻어나 있었다. 백인 남성은 부인을 발견하고 뛰어가 그녀를 안았다.

"여보! 메리! 나의 사랑, 메리! 아이 러브 유!"

순간 메리는 짜증이 머리끝까지 치솟았다.

"지금 뭐 하는 거야! 저리 안 꺼져!"

메리가 남편을 밀어냈다.

하지만 남편은 오히려 더 메리를 끌어안았다.

"내가 지금 얼마나 기쁜 줄 알아? 나 지금 너무 행복해!"

급기야 메리의 입술에 키스까지 했다.

"뭐 하는 거야? 지금! 퉷퉷!"

메리는 입술까지 닦으며 싫어했다. 그런데도 남편은 너무 좋아하며 펄쩍펄쩍 뛰었다. 그 모습을 지켜본 메리는 남편이 여태까지 이렇게까지 기뻐한 적이 있었나 생각했다.

"말해봐, 뭐야? 무슨 일인데 그렇게 좋아 죽는 거야?"

"저 녀석이야, 저 녀석! 저 녀석이 날 구원했다구!"

남편은 아내 메리를 이끌고 모니터 앞으로 갔다. 거기에 구현진이 포효하는 장면의 사진이 있었다.

메리는 고개를 갸웃했다.

"이 동양인 남자가 왜? 누군데?"

"구? 구! 당신 구 몰라? 아이 러브 유! 구! 넌 나의 은인이야!"

급기야 남편은 모니터 화면에 있는 구현진을 향해 하트와 손 뽀뽀를 날렸다.

메리는 도저히 이해할 수 없는 남편의 행동에 또다시 짜증이 났다.

"야, 이 미친 인간아! 도대체 구가 누구야? 누군데 이러는 거야? 당신 정말 미친 거야? 그런 거야?"

"무슨 소리야! 지금 구는 나의 은인이야! 당신은 알지도 못하면서!"

"그럼 구한테 가버려! 출근해야 하는데 지금 뭐 하는 짓이야!"

메리는 잔뜩 짜증을 내며 다시 몸을 돌렸다. 남편은 그런 메리를 뒤로하고 모니터 화면에 있는 동양인 투수를 향해 애정 가득한 눈빛을 보내고 있었다.

"오! 아이 러브 유! 구! 정말 당신이 날 구원해 줬어. 정말 고마워."

남편의 애정 표현을 한참이나 바라보던 메리는 순간 눈을 크게 떴다.

"가, 가만……. 설마 저 인간…… 남자를 좋아하게 된 거야?"

메리의 시선이 점점 불안해져 갔다.

같은 시각, 한국의 한 불법 도박 사이트 사무실.

건장한 체격의 사내가 책상 앞에 앉아 인터넷 검색을 하고 있었다.

"아따, 우리 현진이 오늘 허벌나게 잘해 부렀네."

그 사내는 흐뭇한 얼굴로 구현진의 인터넷 기사를 확인했다. 그때 사무실 문이 벌꺽 열리며 한 녀석이 뛰어 들어왔다.

"형님, 형님!"

"왜?"

"큰일 났습니다."

"큰일? 뭔 큰일?"

"어마어마한 배당률이 나왔습니다."

"배당률? 얼마나 나왔는데?"

“3천 배입니다.”

“뭐? 3천 배? 그게 가능해?”

형님이라 불린 사내는 느긋하게 있다가 화들짝 놀란 얼굴이 되었다.

“가능한가 봐요. 저도 그리 오래 일하지는 않았지만 이런 배당률은 처음이에요.”

“그래서? 맞춘 녀석이 나왔어?”

“네, 딱 한 명요! 그 녀석에게 다 털리게 생겼습니다.”

“3천 배면 얼마야? 얼마 나왔어?”

“한 30억 정도 됩니다.”

“뭐? 30억? 진짜야?”

“네, 형님!”

사내는 잠시 생각을 하더니 부하를 보며 말했다.

“야, 접어!”

“네?”

“접으라고, 새끼야! 접어! 튀자고!”

“아, 네에. 알겠습니다. 형님!”

부하가 사무실을 빠져나갔다. 그리고 홀로 남은 사내는 잠시 고민을 하더니 옆에 있는 금고를 열었다. 그곳에는 5만 원권이 가득 쌓여 있었다. 그는 커다란 가방에 돈을 옮겨 담기 시작했다.

"씨팔! 진짜로 나올 줄은 상상도 못 했네."

그로부터 며칠 후.

경찰 사이버 수사팀의 한 형사가 모니터를 바라보며 고개를 갸웃했다.

"이상하네?"

그러곤 다시 키보드를 두드린 후 모니터를 주시했다.

"여기도 이러네, 역시 이상해!"

그러자 옆에 있던 선배 형사가 기웃거리며 물었다.

"왜 그래?"

"선배님! 이걸 좋아해야 할지, 잘 모르겠어요."

"무슨 말이야?"

"아니, 어제까지 성행하던 불법 도박 사이트에 들어가지질 않네요. 여기도 그렇고, 다른 사이트도 마찬가지예요. 무슨 일이지?"

"야들이 냄새를 맡았나?"

"제가 얼마나 조심스럽게 조사했는데요. 에이! 여태까지 모아놓은 증거 다 쓸모없어졌네."

"하하핫! 우리 후배님, 그동안 헛일하셨네."

"놀리지 마세요. 선배님! 저 진짜 미쳐 버리겠어요."

"그래도 잘된 거 아니냐?"

"뭐, 그런 거겠죠. 후우……."

"그래, 그래! 좋게 생각해."

그렇게 말한 선배 형사는 다른 사건 서류를 확인했고, 후배 형사는 깊은 한숨을 내쉬며, 열심히 키보드를 두드렸다.

그날 한국에 성행하던 불법 도박 사이트의 절반이 하루 만에 사라져 버린 기적이 일어났다.

2.

"하핫, 요놈 잘하고 있네."

구현진의 아버지는 컴퓨터 앞을 떠나지 않았다. 온종일 인터넷으로 구현진의 기사를 찾아보았다.

"역시, 내 아들이야."

그는 아들 구현진의 활약을 연신 확인하며 웃었다. 그러다 하나의 기사를 클릭했다.

[루키, 구현진! 메이저리그 호주 개막전 2차전 완봉승, 완벽투!]

"구현진 완봉승! 아이고, 좋아라. 가만, 내가 이러고 있을 때가 아니지."

아버지는 기사를 쭉쭉 내려 그 밑에 댓글을 달기 시작했다.

"어디 보자, 그러니까……."

아버지가 타자를 치고 있을 때 현관문이 열리며 옆집 김 여사가 나타났다.

"현진이 아버지 있는교?"

"……."

"없는교?"

김 여사의 부름에도 아버지는 대답하지 않았다. 그러자 김 여사가 조심스럽게 안으로 들어왔다. 거실을 기웃거리자 컴퓨터 앞에 앉아 무엇인가 열심히 입력하고 있는 아버지가 보였다.

"현진이 아부지! 있으면 말을 하지."

"……."

그럼에도 아버지는 모니터를 뚫어지라 바라보며, 타자를 치고 있었다.

"뭘 그리 보는교?"

아버지는 김 여사가 아버지 옆에 와서 말을 걸자, 그제야 화들짝 놀라며 고개를 돌렸다.

"뭐, 뭐꼬?"

"나예요. 옆집……."

김 여사가 약간 서운한 얼굴로 아버지를 쳐다보았다. 아버지는 순간 민망해하며 헛기침을 했다.

"어험, 왔어?"

"뭘 그리 보는교?"

"내가 볼 게 울 아들 말고 또 있나?"

아버지는 말을 하면서 몸을 홱 돌려 모니터를 바라봤다. 김 여사도 모니터를 바라보았다. 그녀는 모니터에 비친 구현진의 사진을 보고는 박수를 치며 동조했다.

"맞다! 안 그래도 내가 저것 때문에 왔는데. 현진이가 큰일을 했담은서요."

"당연한 거지. 우리 현진이는 던졌다 하믄 완봉 아이가!"

그때 김 여사의 시선이 키보드로 향했다. 아버지의 손가락이 보이지 않는 속도로 움직이며 '탁탁탁' 소리를 내고 있었다.

"워메, 현진이 아부지요. 손구락에 모터 달았는교?"

"뭔 소리고?"

"방금, 손가락이 윽수로 빠르던데, 타자 안 보고 치는교?"

"후훗, 봤나?"

"야……."

김 여사자 아버지를 경이로운 눈빛으로 바라보자, 어깨를 으쓱했다.

"뭐, 이런 걸 가지고. 임자도 댓글 자주자주 달다보믄 자동으로 빨라지네, 앗, 젠장!"

"와요?"

"잘못 쳤네."

아버지는 글자를 지운 후 다시 타자를 쳤다. 그러자 김 여사가 한마디 했다.

"틀릴 수도 있제."

"에헤, 뭔 소리고? 이걸 틀리면 아재 같잖아, 아재!"

아버지가 버럭 고함을 질렀다. 그러자 김 여사가 움찔하며 중얼거렸다.

"아재 맞으믄서……. 그건 글코, 현진이 아부지 아뒤는 바꿨는교?"

"아이디?"

"야……."

그러자 아버지가 히죽 웃으며 손가락으로 아이디를 가리켰다.

"당연히 바꿨지. 여기 함 봐라."

"어데요?"

"여기, 여기!"

아버지가 가리킨 곳에 아이디가 있었다.

"현진사랑?"

"와? 이상하나? 난 괜찮은데?"

"뭐, 가족 같은 느낌이지만 괜찮네요."

"그렇지?"

그때 아버지 핸드폰이 울렸다. 김 여사의 시선이 핸드폰으로 향했다. 그리고 아버지의 어깨를 툭툭 건드렸다.

"현진이 아부지요. 전화 왔어요."

"전화?"

아버지가 고개를 돌려 휴대폰을 들었다. 화면에는 모르는 번호가 찍혀 있었다.

"모르는 번혼데? 누구지?"

아버지는 곧장 전화를 받았다.

"여보세요? 아, 예. 제가 현진이 아부지인데요? 무슨 신문사요? 인터뷰요? 현진이 미국에 있는데……. 아, 나를요? 어…… 잠시만요. 스케줄 좀 확인하고요. 하도 다른 곳에서도 연락이 많이 와가지고, 쫌만 기다려 보소."

아버지는 휴대폰을 막고 잠시 기다렸다.

아버지의 행동을 지켜보던 김 여사가 조심스럽게 물었다.

"누군데요?"

"신문사 기자."

"신문사 기자요? 그 사람이 와요?"

"자, 잠깐만……."

아버지가 손을 들어 제지한 후 곧바로 휴대폰을 귀에 가져갔다.

"아, 지금 스케줄을 보니까, 내일은 안 되고, 모레는 돼야 할 것 같은데……. 아, 모레는 안 돼요? 뭐, 그럼 어쩔 수 없지. 내일 봅시다. 시간 내볼 테니까. 그래요. 내일 봅시다."

김 여사가 냉큼 다가와 물었다.

"신문사 기자가 와 보자는데요?"

"인터뷰!"

"인터뷰요? 와! 현진이 때문에요?"

아버지가 고개를 끄덕였다. 김 여사가 고개를 갸웃하며 물었다.

"그런데 왜 뜸을 들였어요? 한다고 하지요."

"그렇기 쉽게 한다고 하믄 안 되지. 자존심이 있는데……."

"아……."

김 여사는 이해한 듯 고개를 끄덕였다.

"그럼 내일 신문사 기자 만나서 인터뷰하는 거예요?"

"당연하제."

아버지는 자리에서 일어나 거울 앞으로 갔다. 머리를 매만지며 살짝 눈살을 찌푸렸다.

"흰머리가 많네. 아무래도 염색을 해야 할 것 같은데……."

그러자 김 여사가 냉큼 일어나 아버지 곁으로 갔다.

"내가 염색해 줄까요?"

"그, 그리 해줄란가?"

"하모요."

김 여사는 환한 얼굴로 화장실로 가서 염색약을 물과 함께 잘 섞고, 염색할 준비를 했다. 김 여사가 준비를 끝냈을 때, 아버지는 이미 준비를 마친 상태였다.

김 여사가 아버지의 머리에 염색약을 바르기 시작했다. 그녀가 머리에 염색약을 바를 때마다 아버지는 몸을 움찔움찔거렸다.

"아, 간지러버라."

"왜케 가만히 있지 못 하는교!"

"간지러버서 안 그라나! 간지러버서!"

"그것도 못 참는교?"

"어험……."

김 여사는 잠시 생각하더니 리모컨으로 TV를 틀었다. 채널을 몇 번 옮기자 스포츠 채널이 나왔다. 때마침 구현진의 하이라이트 장면이 나오고 있었다.

아버지는 금세 TV에 집중했다.

"아, 우리 현진이 공 좋네!"

그 모습을 보고 김 여사가 피식 웃었다.

"암튼, 아들내미라믄……."

김 여사는 다시 머리에 염색약을 발랐다. 조금 전까지 간지럽다던 아버지는 전혀 움직임이 없었다. 온 신경이 TV 속의 구현진에게 집중되어 있기 때문이었다.

덕분에 김 여사는 편안하게 염색약을 바를 수 있었다. 그렇게 아버지의 머리카락이 검게 물들 때쯤 김 여사가 대뜸 말했다.

"현진이 아부지 웃으니까 인물이 훤하네에."

"……."

하지만 아버지의 귀에는 김 여사의 말이 하나도 들어오지 않았다.

"으그, 내가 말을 말지."

김 여사가 슬쩍 눈을 흘기고는 말없이 염색약을 다시 바르기 시작했다.

그 모습이 마치 다정한 노년 부부처럼 느껴졌다.

3.

미국으로 돌아온 구현진은 아침 일찍 일어나 동네 한 바퀴를 가볍게 뛰었다. 런닝을 끝낸 후 샤워를 하니 배가 고파졌다.

"출출한데……."

잠시 소파에 앉아 있던 구현진은 배를 어루만지며 입맛을 다셨다.

그때 동네 노점에서 파는 핫도그가 생각났다.

"핫도그나 먹으러 갈까?"

구현진은 그런 생각을 하며 자리에서 일어났다. 현관을 나서기 전 거울 앞에 서서 잠시 자신의 모습을 바라보던 구현진은, 갑자기 신발을 벗고 다시 방으로 들어갔다.

그리고 잠시 후 유니폼으로 완전 무장 하고 다시 거울 앞에 섰다. 그는 모자를 눌러쓰며, 혼잣말로 중얼거렸다.

"과연 날 알아볼까? 알아보면 좋겠는데……."

구현진은 일반 고글을 쓰는 것을 마지막으로 방을 나서 핫도그 가게를 향해 조심스럽게 이동했다. 누가 봐도 에인절스의 구현진이라는 것을 금세 알아볼 수 있을 것 같았다.

등 뒤에 백넘버와 '구'라는 이름이 정확하게 찍혀 있었기 때문이다. 이렇게 했는데도 못 알아보면 엄청 쪽팔릴 것 같았다.

"그래, 고작 한 경기 가지고 이러는 건 솔직 좀 오버다. 오버!"

한참을 걷던 구현진이 갑자기 멈추었다. 다시 집으로 돌아갈까 고민했지만, 그래도 핫도그는 사서 가자는 생각으로 발걸음을 재촉했다.

솔직히 호주에서는 너무 서운했다.

그날 빼어난 투구로 2피안타 완봉승을 거두었기에 한 명쯤은 알아봐 줄 거라 생각했다.

그러나 리노 브라이언트나 매니 트라웃에게 모든 관심이 쏟아졌다.

구현진은 그들이 너무나 부러웠다. 과거로 돌아오기 전에는 자신을 알아보는 사람들이 부담스러웠지만, 지금은 달랐다. 메이저리거로서 완봉승까지 했으니 조금은 인정받길 바랐다.

"하아……. 빨리 그런 날이 왔으면 좋겠다."

구현진이 푸념하는 사이 핫도그 가게에 도착했다. 그곳의 주인이 구현진을 보고는 말했다.

"어서 오세요. 뭘 드릴까?"

"기본 핫도그요."

구현진은 살짝 의기소침한 얼굴로 말했다. 이렇게나 유니폼을 갖춰 입었는데, 알아봐 주는 사람이 한 명도 없었기 때문이다.

"네, 알겠습니다."

핫도그 가게 아저씨는 환한 얼굴로 핫도그를 만들기 시작했다. 그러다 한 번씩 고개를 갸우뚱하며 구현진을 보았다.

구현진은 혹시나 싶어 얼굴이 좀 더 잘 보이게끔 모자를 살짝 들어 보였다.

"어?"

핫도그 가게 아저씨가 구현진을 알아보는 것 같았다.

구현진의 표정 역시 밝아졌다.

'그래요. 나예요, 나! 구현진!'

구현진는 억지 미소를 지으며 자신을 알아보게끔 어필했다.

하지만 '구'라는 단어는 끝내 나오지 않았다.

잠시 후 핫도그 아저씨의 목소리가 들려왔다.

"핫도그 다 됐습니다."

"아, 네. 얼마예요?"

"1달러입니다."

"여기요."

돈을 건네는데 자신 앞에 놓인 어마어마한 사이즈의 핫도그가 눈에 들어왔다.

구현진이 화들짝 놀라며 물었다.

"이, 이게 핫도…… 그예요?"

"네, 빅 사이즈 핫도그!"

"어? 전 이거 주문 안 했는데요? 일반으로……."

"서비스입니다. 구에게는 당연히 이 정도는 줘야지."

"저, 누군지 아세요?"

"그럼, 호주 개막전에서 완봉승 거둔 루키 아니에요?"

"하하, 네 맞아요. 절 알아보시는구나."

"그런 차림이면 못 알아보는 게 힘들지 않나요? 경기 아주 잘 봤어요."

"하하, 감사합니다. 그럼 이 빅 사이즈 핫도그는 얼마예요?"

"그냥 1달러만 줘요."

"그건 일반 핫도그 가격이잖아요. 원래는 얼만데요?"

그러자 핫도그 아저씨가 히죽 웃으면 가격표를 가리켰다. 거기에 5달러라고 적혀 있었다.

"헉! 5달러잖아요."

"괜찮아요. 이건 팬으로서 주는 선물이니까."

"그래도……."

구현진이 난처해하자 핫도그 아저씨가 종이랑 펜을 건넸다.

"정 그러면 여기에 사인 하나 해주든가."

"아, 네에."

구현진이 환한 얼굴로 종이와 펜을 받아 사인을 해주었다.

"정말 이거면 돼요?"

"그렇다니까요."

"고맙습니다."

"고맙긴! 다 필요 없고 앞으로도 그렇게만 해주면 돼요. 그러면 내가 핫도그는 배 터지게 먹어줄 테니까."

"네! 알겠어요."

구현진이 환한 미소로 인사를 한 후 빅 사이즈 핫도그를 들고 갔다. 그 뒤로 아이들이 달려와 사인을 요청했다.

멀리서 혹시 '구 아니야?'라고 했던 사람들도 하나둘 모여들었다.

다들 구현진 본인이 직접 유니폼을 입고 외출했을 거라고는 생각지 않았던 모양이었다.

"아, 네. 감사합니다."

구현진은 다가오는 사람 한 명, 한 명에게 사인을 해주었다. 사진을 같이 찍자는 요청도 거절하지 않았다. 그러다가 노인들이 모인 곳으로 갔다.

"안녕하세요, 할아버지!"

"어? 자넨!"

그중 한 명이 구현진을 알아봤다.

"자넨 구가 아닌가?"

"네, 맞아요."

"이리 오게! 이리 와!"

구현진은 할아버지 근처로 가서 인사를 했다.

"자네가 지난 경기 때 선발로 나왔던 그 루키지?"

"아, 네에."

"그렇군. 사인 좀 해주게."

"당연히 해드려야죠."

구현진은 할아버지 한 분, 한 분에게 사인을 해드렸다. 그때 한 할아버지가 유심히 구현진을 바라보았다.

"자네, 그 뭐냐. 레인저스에 투수 있지 않나? 잘 던지는 그 친구 말이야."

"아, 일본인 투수요?"

"아, 그, 그런가? 그럼 자네는?"

"저는 한국이요."

"아……. 한국."

할아버지는 괜히 아는 척하려다가 민망한 얼굴이 되었다.

"한국이나 일본이나 얼굴이 비슷비슷해서 말이야. 그런데 같은 나라 아닌가?"

"전혀 다른데요."

"아, 그래? 미안, 미안. 아무튼, 자넨 잘 던지더군. 앞으로도 잘해주게."

"네, 감사합니다."

구현진은 사인을 다 한 뒤 인사를 하고 몸을 돌렸다.

그리고 에인절스파크 주변을 지나던 구현진은 저 멀리 아리따운 흑발 여성이 기웃거리는 것을 보았다.

그녀는 망설이다가 구현진에게 다가왔다. 환한 미소가 매력적인 여성이었다.

"저기…… 안녕하세요."

그녀의 입에서 들리는 말은 한국어였다.

"어? 한국인이세요?"

"네, 재미교포예요."

"아, 그러시구나."

그리고 잠깐 말이 없었다. 그러다가 구현진이 먼저 입을 열었다.

"저기……. 사인해 드릴까요?"

"맞다. 내 정신 좀 봐. 네, 해주세요."

그녀가 가방 안에서 다이어리를 빼내 펜과 함께 주자, 구현진이 다이어리에 사인을 해주었다.

"저기 괜찮으시면 사진도 부탁드려도 될까요?"

"그, 그럼요."

구현진은 최대한 밝게 웃으며 답했다. 오랜만에 예쁜 여자와 대화를 나누니 잔뜩 긴장되었다.

"여기요."

구현진이 사인한 다이어리를 건네주었다.

"사진 찍어야죠?"

"아, 네. 잠시만요."

그녀가 고개를 돌려 누군가를 바라보며 소리쳤다.

"찰리! 찰리! 어서 와, 사진 찍어야지."

그러자 저 멀리서 5살 정도 되어 보이는 남자아이가 뛰어왔다.

구현진은 5살 아이를 보며 미소를 지었다.

"조카인가 봐요."

"아, 아뇨. 제 아들인데요?"

"네에?"

구현진의 눈이 커졌다. 그러나 아리따운 여성은 아들의 사진 위치를 잡아주고 있었다.

"여기 가운데 서야지."

그런데 아이가 두 팔을 벌리며 안아달라고 했다.

"안아줘?"

"안아줘!"

"알았어. 읏차!"

"겨, 결혼하셨구나. 하핫, 하하하. 일찍 하셨네요."

구현진은 어색한 미소로 모자와 사진을 찍었다. 그녀는 연신 감사하다며 인사를 했다.

구현진은 멀어지는 모자를 보며 아쉬운 표정을 지었다.

"아, 아니지. 내가 지금 무슨 생각을……."

구현진은 고개를 세차게 흔들며 다시 길을 걸었다.

그렇게 다시 한참을 걷다가 기념품 숍이 눈에 들어왔다. 에인절스의 굿즈를 판매하는 곳이었다.

진열장에 선수들의 티셔츠도 전시되어 있었다.

"어? 티셔츠도 파네? 내 것도 있나?"

구현진이 가게 밖에서 안을 기웃거렸다. 그러자 종업원이 밝은 미소로 인사를 했다.

"어서 오세요."

"아, 네."

구현진이 쭈뼛거리며 가게 안으로 들어갔다.

에인절스의 상품을 파는 곳의 종업원답게 그녀는 구현진을 알아보았다.

"어멋! 구현진 선수죠?"

"아, 네."

"정말 잘 던지시더라고요."

"감사합니다. 혹시 제 티셔츠도 있나요?"

"그럼요, 당연하죠."

"그래요?"

"네, 이쪽에 있어요."

종업원이 안내했다. 구현진이 뒤를 따라가며 물었다.

"혹시 벌써 다 팔린 건 아니죠?"

그러자 직원이 해맑은 얼굴로 말했다.

"걱정 마세요. 아직 많이 남았어요."

"마, 많이요?"

"네."

"아, 그래요."

"오늘부터 팔기 시작했는데요. 방금도 두 장 팔렸어요."

"아, 그렇구나."

"여기요!"

종업원이 가리킨 방향에 백넘버 1번 '구'라고 적힌 유니폼이 가득 진열되어 있었다.

"그래도 오늘 진열한 것치고는 잘 팔리는 편이에요."

"가, 감사합니다."

구현진이 애써 미소를 지으며 티셔츠를 한 번 만져본 후 가게를 나왔다.

"수고하세요."

가게를 나온 구현진은 밖으로 나와 낮게 중얼거렸다.

"더 열심히 해야겠다."

그리고 그 길로 곧장 집으로 향했다.

4.

피터 레이놀 단장과 마이크 오노 감독이 회의실에서 만났다. 탁자에는 각종 서류가 어지럽게 놓여 있었고 두 사람은 열띤 토론을 하고 있었다.

다른 달보다 경기 수가 적은 4월은 라인업을 다지는 시기였고, 홈 개막전을 앞둔 에인절스로서는 여러 방면으로 신경을 쓸 수밖에 없었다.

그러는 와중, 피터 레이놀 단장과 마이크 오노 감독은 선발진 구성에서 의견 차이를 보이고 있었다.

"본래 구상했던 대로 5선발은 빼고 가는 게 좋을 것 같습니다."

피터 레이놀 단장은 곧바로 고개를 가로저었다.

"그 말씀은 구를 선발로 활용하지 않겠다는 것 아닙니까."

"현재 5선발이 구현진이니 어쩔 수 없지요."

"그건 곤란합니다. 구는 지난 경기에서 2피안타 완봉승을 한 선수입니다. 그런 선수를 선발진에서 뺀다는 것은 팬들의 원성을 사는 것 이전에 단장으로서 반대합니다."

"구의 활약은 인정합니다. 하지만 그렇다 해도 4선발 로테이션은 이미 계획된 일 아닙니까. 지금까지 조정해 온 것을 인제 와서 변화를 줄 순 없습니다."

"그 생각은 충분히 이해합니다. 하지만 선발진에서 빼는 한 명이 구현진 선수가 되어서는 안 됩니다. 사실 성적으로 끊는다면 4선발의 제시 차베스가 빠져야겠죠."

"제시 차베스라……."

"제시 차베스 선수의 컨디션이 아직 올라오지 않은 것 같으니 그가 감을 잡을 수 있는 시간을 벌어준다는 차원에서 잠시 제외하는 것도 나쁘지 않잖습니까."

피터 레이놀 단장의 설득에도 마이크 오노 감독은 이내 고개를 가로저었다. 그러나 피터 레이놀 단장 역시 쉽게 물러서지 않았다.

"다시 생각해 보세요. 구가 호주 개막전에서 이기지 못했다면 우린 2연패를 하고 귀국했을 겁니다. 지고 시작하는 것도 문제며 팬들의 원성은 또 어땠겠습니까. 구가 승리를 이끌어 주었기에 이만큼 온 겁니다."

피터 레이놀 단장의 말을 듣고 마이크 오노 감독이 가볍게 고개를 끄덕였다.

"그렇긴 하지만…… 팬들이 원하지 않을 수도 있습니다."

"지금 무슨 말씀을 하시는 겁니까! 구단 홈페이지 게시판을 봐요. 온통 구 이야기뿐입니다. 이미 구에게는 많은 팬이 생겼어요."

피터 레이놀 단장의 말에 마이크 오노 감독도 동조했다.

"그건 알고 있습니다. 하지만 루키를 선발진에 두기 위해 다른 선수를 뺀다면 제가 구를 편애하는 것으로 비칠 수도 있지 않습니까. 물론 저도 구를 높게 사고 있고 키우고 싶지만 때가 아닙니다."

"무슨 뜻인지 알겠습니다. 하니, 그런 오해만 없으면 되는 일 아닙니까."

"그게 무슨……?"

"아무튼, 그 부분은 걱정 마시고 내게 맡기세요. 곤란하지 않게 처리할 테니. 어쨌든 구가 선발감이라는 것에 이견이 없으면 되는 거 아닙니까."

피터 레이놀 단장의 자신만만한 말투에 마이크 오노 감독이 고개를 갸웃했다.

그렇게 회의를 마치고 피터 레이놀 단장은 어딘가로 전화를 걸었다.

"헤이, 제이크. 날세! 내가 소스 하나 던져줄 테니 지금 바로 올려줄 수 있겠나? 그래, 고맙네."

피터 레이놀 단장은 전화를 끊으며, 의미심장한 미소를 지었다.

그로부터 한 시간 후 인터넷 게시판에 하나의 기사가 올라왔다.

기사의 타이틀은 이러했다.

[선발 로테이션을 조정해야 하는 에인절스. 과연 누구를 기용해야 하는가?]

그 밑에 수많은 댓글이 순식간에 달렸다.

ㄴ당연히 구지!

ㄴ구지! 그걸 말이라고 하나?

ㄴ구를 기용해야지. 누가 2피안타 완봉으로 개막전 승리를 이끌었

는데!

ㄴ단장이든, 감독이든 제대로 정신이 박혀 있다면 구를 기용하겠지. 당연한 일 아닌가?

ㄴ이런 기본적인 것까지 기사로 나와야 하나? 딱 봐도 구네.

ㄴ구는 에인절스의 에이스감이다. 당연히 구가 나와야 한다.

ㄴ구! 구! 구! 구! 구!

다음날 MLB 홈페이지에도 이 기사가 실렸다.

4선발이었던 제시 차베스도 그 기사를 읽었다. 댓글을 확인한 그의 눈동자가 급격히 흔들렸다.

"전부 다 구? 왜? 난 왜 아니야? 호주 개막전에서 내가 패해서 그래? 그때는……. 그때는……."

제시 차베스는 당시의 일을 떠올려 보았다. 그러나 그럴수록 자신과 구현진의 성적 차이는 확연해졌다.

결국, 오후 훈련을 마친 제시 차베스는 마이크 오노 감독에게 면담을 신청했다.

"제시, 무슨 일인가?"

"저, 이번에 선발로 못 던지겠습니다."

"아니, 왜?"

"팬들의 반응을 보니 제가 던지면 큰일 날 것 같아요. 아니, 내가 노이로제에 걸릴 것 같습니다. 지금 정신적으로 너무 힘듭니다. 한 경기 건너뛰겠습니다. 부탁드립니다.”

마이크 오노 감독은 제시 차베스를 찬찬히 바라보더니 가볍게 고개를 끄덕였다.

“알겠네. 어쩔 수 없지.”

“감사합니다.”

제시 차베스가 나가고, 마이크 오노 감독은 자신이 정해놓은 투수 로테이션에서 제시 차베스의 이름을 뺐다.

그리고 그 자리에 구현진의 이름을 적어 넣었다.

“훗! 피터, 기어이 구를 집어넣었군.”

피터 레이놀 단장의 노림수는 정확히 들어맞았다. 제시 차베스는 궁지에 몰리면 책임을 회피하는 경향이 있었다. 그의 약한 멘탈을 파악하고 있었던 피터 레이놀 단장은 여론을 이용하여 그에게 빠져나갈 구실을 준 셈이었다.

다음 경기의 중요함과 구를 응원하는 팬들, 피터 레이놀 단장은 제시 차베스가 거기에 부담을 느낄 거라고 정확히 예측했다.

실제로 제시 차베스는 피터 레이놀 단장의 바람과 팬들의 요구로 스스로 물러났고, 구현진이 그 자리를 차지했다.

그리고 다음 날.

에인절스와 텍사스의 홈 개막 4연전이 열렸다.

홈 개막 4연전의 마지막 경기는 구현진이 책임지게 되었다.

1차전은 에인절스의 에이스 유스메이로 페페와 레인저스의 닉 마르티네스의 대결이었다.

레인전스는 1회 초 볼넷과 안타로 선취점을 올렸다. 그리고 3회 초에 1점을 보태 2점을 먼저 앞서갔다.

에인절스의 추격은 3회 말부터 시작되었다. 솔로 홈런으로 1점을 만회한 에인절스는 5회 말, 볼넷과 안타 두 개로 2점을 얻으며 역전에 성공했다.

하지만 레인저스도 7회 초 솔로 홈런으로 1점을 추가, 3 대 3 동점을 이루었다.

승부는 9회 말에 갈렸다.

에인절스는 안타와 볼넷으로 1사 1, 2루의 상황을 만들었고 2번 타자가 땅볼로 아웃. 그사이 주자가 달려 2사 2, 3루의 상황을 맞이했다.

레인저스는 최근 성적이 좋은 3번 타자 매니 트라웃을 부담스러워하여 고의사구로 내보냈고 결국 2사 만루가 되었다.

이때 4번 알버트 푸욜이 끝내기 안타를 날리며, 에인절스가 홈 개막전을 승리로 장식했다.

2차전은 에인절스의 2선발 파커 브리드가 1회 초 3점을 내주면서 최악의 분위기로 시작했다. 결국, 7 대 3의 스코어로 레인저스가 승리를 챙겼다.

1승 1패의 상황에서 3차전이 이어졌다.

선발로 나선 제이 라미레즈는 제구에 난조를 보이며 경기를 어렵게 풀어나갔다. 최종 스코어 4 대 1로 레인저스와의 시리즈 전적은 1승 2패가 되었다.

그리고 구현진이 선발로 내정된 경기가 곧 시작되려 하고 있었다.

이번 경기에서 승리해야만 2승 2패로 그나마 균형을 맞출 수 있었기에 구현진에게 지워진 부담이 컸다.

구현진은 막중한 임무를 띠고 마운드에 올랐다.

"잘하자. 구현진."

사인을 받은 구현진이 초구부터 바깥쪽 꽉 찬 공을 던졌다. 항상 던져왔던 코스였던 만큼 제구는 완벽했다.

그러나 심판이 볼을 선언했다.

지금까지 당연히 스트라이크였던 코스가 볼로 잡히자 구현진의 공이 힘을 잃었다. 구속 역시 평소와 달리 많이 떨어졌다.

그 이유는 주전 포수와의 상성 문제였다.

에릭 말도나도는 뛰어난 공격력을 갖췄으나 수비력에 문제가 있었다. 미트질이 좋지 않다 보니 제대로 된 프레이밍을 해주지 못했다.

결국, 구현진은 빠른 구속을 버리고 코너워에 신경을 쓸 수밖에 없었다.

그러나 결국 첫 타자를 볼넷으로 내보냈다.

"이런 젠장! 첫 타자부터 볼넷이라니!"

구현진이 불만을 토로했다. 스트라이크가 자꾸 볼 판정을 받으니 답답할 수밖에 없었다.

하지만 포수 에릭 말도나도는 구현진이 코너워크에 신경 쓰며 공을 너무 빡빡하게 던진다고 생각했다.

'공을 왜 그렇게 어렵게 던져! 쉽게, 쉽게 가자고! 네 구위라면 굳이 빡빡하게 넣지 않아도 충분해. 자, 한가운데로 던져!'

구현진은 에릭 말도나도의 사인을 따라 공을 던졌고, 결국 2번 타자 추신우에게 안타를 맞고 말았다. 상황은 무사 주자 1, 2루. 3번 타자를 간신히 삼진으로 잡아냈으나 그것도 라마 마지라의 컨디션이 좋지 않은 덕분이었다.

그리고 4번 아드리안 벨트를 상대하게 되었다.

아드리안 벨트는 이전 경기에서 어렵게 상대했던 타자였다. 구현진 역시 그를 부담스럽게 생각할 수밖에 없었고, 그렇다 보니 공이 자꾸 밖으로 벗어났다.

바깥쪽으로 공을 꽉 채워 넣고 싶었으나, 포수의 프레이밍이 좋지 않았다. 하지만 조금만 공이 가운데로 들어가면 큰 것 한 방을 얻어맞을 것 같았다.

'이거 정말 난처하네.'

그렇다고 프레이밍이 좋지 않은 포수를 자신이 바꿔달라고 할 수도 없었다. 구현진의 시선이 자연스럽게 더그아웃에 있는 혼조에게 향했다.

'혼조의 고마움을 또 한 번 느끼게 되네. 하아…….'

구현진은 가볍게 한숨을 내쉬고는 계속해서 공을 던졌다.

구현진의 실력을 인정하는 아드리안 벨트는 굳이 밖으로 향하는 공을 건드리려 하지 않았다. 스트라이크존으로 확실히 들어오는 공만을 노렸다.

구현진은 너무 까다롭게 던지려고 하다가 결국 볼넷을 내주고 말았다.

그렇게 풀 카운트. 구현진은 마지막 공을 바깥쪽으로 꽉 채워 던졌다. 누가 봐도 스트라이크가 될 공이었지만, 또다시 볼이 선언되며, 다시 한번 볼넷으로 주자를 내보냈다.

상황은 1사 만루.

"미치겠네."

구현진은 애꿎은 마운드를 거칠게 걷어찼다. 또 볼넷을 내준 것에 화가 났다. 그리고 잡아줄 수 있었는데, 그걸 놓쳐 버린 에릭 말도나도가 조금은 원망스러웠다.

"답답하네. 이거 어떻게 해야 하지?"

구현진은 답답한 마음을 쉽사리 가라앉힐 수 없었다. 마운드를 잠시 내려와 베이스가 꽉 찬 광경을 보았다. 고작 1회 초 밖에 되지 않았다.

그런데 볼넷 2개와 안타 하나로 구현진은 큰 위기에 빠지게 되었다.

-아, 구! 오늘 왜 그럴까요? 1회 초 제구력 난조를 보이며 1사 만루 위기입니다.

-저번 경기의 구위를 못 보여주고 있어요.

-맞습니다. 타자를 윽박질렀던 포심도 위력이 없고요. 이거 어떻게 된 일이죠?

-이 위기를 벗어나려면 병살타밖에 없습니다.

구현진 역시 그리 생각했다.

병살타로 깔끔하게 이닝을 끝내야 했다. 그래서 5번 타자 누네 오도어에게서 땅볼을 유도하기 위해 애를 썼다.

볼 카운트가 불리하게 몰리자 누네 오도어는 결국, 가운데로 떨어지는 체인지업을 건드리고 말았다.

딱!

"됐어!"

구현진은 던지고 나서 나직이 소리쳤다.

공은 정확하게 땅볼이 되며 유격수 방향으로 굴러갔다. 이는 분명히 더블플레이가 가능한 코스였다.

구현진의 고개가 돌아갔다. 유격수 안드레이 시몬스가 공을 잡기 위해 자세를 낮췄다. 그런데 거기서 생각지도 못한 불규칙 바운드가 일어났다.

"어? 아, 안 돼!"

안드레이 시몬스는 불규칙 바운드가 된 공을 몸으로 막아 뒤로 빠지는 것만은 막았다. 그러나 그사이 3루 주자가 홈을 밟았다.

안드레이 시몬스는 앞에 놓인 공을 잡으려 했다. 그러나 서둘렀던 탓일까. 공을 제대로 쥐지 못하고 다시 떨어뜨렸다. 안드레이 시몬스의 얼굴에 당황한 기색이 드러났다.

다시 잡아 서둘러 2루로 던졌으나 때는 이미 1루 주자가 2루에 안착한 뒤였다.

"하아, 도와주질 않네……."

하지만 이번 것은 불가항력이었다. 잔디밭과 흙의 경계선에서 일어난 불규칙 바운드였다. 아무리 뛰어난 메이저리그 유격수라도 처리하기 쉽지 않은 공이었다.

공을 건네받은 구현진은 절로 한숨이 나왔다. 안드레이 시몬스가 손을 들어 사과했다.

구현진은 애써 미소를 지어 보였지만 답답한 기분만은 풀어지지 않았다.

-아, 여기서 안드레이 시몬스가 공을 놓치네요. 게다가 공을

더듬기까지 했어요.

-슬로우 비디오로 보시겠습니다. 아, 여기서 공이 불규칙 바운드가 되었군요. 몸으로 간신히 막은 것도 다행입니다. 오늘 구현진 선수는 여러모로 운이 좋지 않아요.

-안타깝습니다.

구현진은 마음의 안정을 찾기 위해 마운드를 내려가 크게 심호흡했다. 그리고 다시 마운드에 올라 투구판을 밟았다.

타석에는 6번 마크 나폴리가 들어섰다. 좌타석에 들어선 마크 나폴리가 천천히 방망이를 돌리며 타이밍을 맞추고 있었다.

그때 에릭 말도나도가 초구로 커브를 요구했다.

'에? 갑자기 커브?'

에릭 말도나도는 포심 패스트볼이 흔들린다고 판단한 모양이었다. 그래서 변화구 위주로 투구 패턴을 바꿨다.

구현진은 잠시 바라보더니 고개를 끄덕였다. 그리고 자세를 잡고 공을 던졌다.

그런데 공이 제대로 손에 감기지 않아 약간 밋밋한 커브가 날아갔다.

마크 나폴리는 그것을 놓치지 않고 힘껏 방망이를 돌렸다.

딱!

떨어지는 커브를 걷어 올린 마크 나폴리가 방망이를 던졌다. 그리고 날아가는 타구를 잠시 바라보더니 천천히 다이아몬드를 돌기 시작했다.

-홈런! 홈런입니다. 마크 나폴리의 그랜드 슬램! 구의 초구 커브를 걷어 올려 홈런을 만들었습니다.

-구가 1회 초에 많이 흔들려요. 벌써 5점이나 내줬어요.

-지난 경기 때와는 전혀 다른 투구양상인데요.

중계진들도 놀라는 상황이고, 팬들도 난리가 났다.

ㄴ지금 뭐지? 왜 5점?

ㄴ방금 홈런 맞았어요. 오늘 구의 공은 저번 경기 때와는 전혀 다르네.

ㄴ뭐야? 동양인이 그러면 그렇지! 잠깐 반짝한 거네.

ㄴ저번에 건방지게 인터뷰할 때부터 알아봤다!

ㄴ구? 왜 그래? 이건 네가 아냐! 어서 살아나!

에인절스의 더그아웃에도 당황하고 있었다. 마이크 오노 감독이 고개를 살짝 흔들었다.

"지난번 한 번이었나?"

선수들도 웅성거렸다.

"1회 초에 딱 한 사람 잡고 5점이야? 이게 말이 돼?"

"왜 그러지?"

그중 가장 걱정하는 사람은 바로 혼조였다. 혼조는 그 원인이 뭔지 잘 알고 있었다.

"이것 또한 이겨내야지. 힘내, 현진아!"

혼조는 그저 조용히 응원할 뿐이었다.

투수코치가 마이크 오노 감독에게 다가갔다.

"감독님, 오늘 구의 공이 좋지 못한데요."

마이크 오노 감독이 고개를 끄덕이며 물었다.

"공이 문제일까?"

"네?"

"내가 보기에는 구종도, 공의 흐름도 썩 나쁘지 않아. 다만 구와 에릭이 서로 맞지 않는 것 같단 말이야."

마이크 오노 감독의 말에 투수코치가 고개를 갸웃했다.

"그래도 에릭은 우리 팀의 주전 포수입니다."

"그렇지, 주전 포수지. 하지만 자네도 알잖아. 프레이밍은 메이저리그에서 최하위라는 것을 말이야. 그나마 공격이 좋아서 데리고 있지만, 수비는 아직도 의문 부호야."

마이크 오노 감독의 직접적인 말에 투수코치는 입을 다물었다.

그도 에릭 말도나도의 프레이밍이 좋지 않다는 것은 잘 알았다. 하지만 다른 투수들의 공은 잘 받고 있었다. 여태까지 아무런 문제도 없었다.

그런데 구현진과 호흡을 맞출 때만 유독 프레이밍이 좋지 않았다.

"왜 그럴까요? 왜 구와 맞지 않을까요?"

"에릭이 구의 예리한 공을 따라가지 못하는 거겠지."

"그럼 어떻게 할까요? 이대로 계속 지켜볼 수는 없을 것 같은데요. 아니면 일찌감치 투수를 교체할까요?"

"교체하는 게 좋을 것 같은데."

"감독님도 그리 생각을 하시면 곧바로 투수를 준비시키겠습니다."

"투수 말고……."

"네?"

"포수 말이야. 내 생각에는 포수만 바꾸면 될 것 같아."

"에릭을 1회 초에 교체한다는 말씀이십니까?"

수석코치의 눈이 커졌다.

마이크 오노 감독이 고개를 끄덕이며 말했다.

"혼조를 준비시켜서 내보네."

"하지만 감독님……."

"지난 경기 때 혼조와 호흡이 좋더군. 그때도 혼조가 투입되고 나서부터 투구의 리듬이 확 바뀌었어. 자네도 그리 생각하지 않나?"

마이크 오노 감독의 말에 수석코치가 지난 경기를 되짚어 보았다. 그때를 떠올려 보니 그런 것도 같았다.

"아무래도 마이너리그에서부터 호흡을 맞춰와서 그런 것이 아닐까요?"

"그러니 바꿔봐야지. 지금 당장 몸도 풀리지 않은 녀석을 올려봤자 난타당할 것이 분명해. 이번 경기마저 내주고 싶진 않아. 게다가 지금 구를 내리는 것은 너무 아까워. 무엇보다 구를 일찍 당겨서 선발로 올린 의미가 없다."

"하긴 그렇죠."

"오늘은 죽이 되든 밥이 되든 5회까지는 맡길 생각이니까 딴소리하지 마. 이런 경기도 있어야 구가 성장하는 거야."

"네, 알겠습니다. 지금 바로 구에게 얘기할까요?"

"아니, 매 경기 잘릴 것처럼 잔소리해!"

"잔소리요?"

"그래, 멘탈이 얼마나 되는지 보자고!"

마이크 오노 감독이 서서히 팔짱을 꼈다.

수석코치가 고개를 끄덕였다.

"알겠습니다. 바로 준비시키겠습니다."

수석코치가 그길로 곧장 혼조에게 갔다.

• 21장 •

미스터 구(2)

I.

잠시 후 타임이 나오고, 수석코치가 걸어 나와 심판에게 포수 교체를 알렸다. 에릭 말도나도는 갑작스러운 교체 사인에 황당한 표정을 지었다.

하지만 이미 교체 사인이 나왔고, 혼조가 장비를 착용한 채 나오고 있었다.

에릭 말도나도는 어쩔 수 없이 더그아웃으로 들어갔다.

그의 얼굴에는 불만이 가득했다.

혼조와 투수코치가 마운드를 방문했다. 구현진은 굳어진 얼굴로 애꿎은 마운드만 툭툭 건드렸다.

"오늘 너답지 않다. 왜 그래? 정신을 어디다 팔아먹었어?"

투수코치의 꾸짖음에 구현진이 살짝 당황했다.

"그, 그게 아니라요. 저 공이 쉽게 넘어갈 줄은 몰랐어요."

"그런 안이한 생각을 가지면 어떻게 해. 공을 좀 더 로케이션했으면 됐다고. 어정쩡한 공을 던지니까 맞지. 그런 공을 못 넘기는 타자 따위 메이저리그에 없는 걸 몰라?"

"……."

만날 좋은 말만 하던 투수코치에게 야단을 맞자 구현진은 어떻게 해야 할지 몰랐다.

"저 지금 내려가나요?"

"왜? 내려가고 싶어? 지금 이런 상황으로 만들어놓고 도망가고 싶어?"

"아, 아니요. 도망가고 싶지 않습니다."

"네가 지른 불은 네가 꺼. 지금 불펜 준비도 되지 않았어. 지금부터 오롯이 너의 몫이야. 그리고 1회 초도 막지 않고 내려가면 어떻게 되겠어. 지금 여기에 온 팬분들과 경기를 TV로 보고 있을 팬들을 생각해!"

"네, 코치님."

마이크 오노 감독의 말대로 구현진을 다그친 투수코치가 더그아웃으로 돌아갔다.

혼조가 약간 의기소침해 있는 구현진을 다독였다.

"너무 신경 쓰지 마. 괜찮아."

혼조의 목소리를 들은 구현진이 고개를 들었다.

"어? 넌 왜 왔냐?"

"포수가 교체되었으니까 왔지."

"교체되었다고?"

구현진의 얼굴에 살짝 미소가 번졌다. 그 모습을 보고 혼조가 물었다.

"뭐야, 그 표정은? 좋아?"

"당연히 좋지. 너는 내가 어떤 공을 던져도 제대로 포구를 해주잖아. 하지만……."

구현진은 금세 또 시무룩해졌다.

"왜 그래?"

"오늘 경기는 힘들겠어."

"뭐? 뭐가 힘들어. 아직 시작도 안 했는데."

"아니, 틀렸어. 5점이나 내줬잖아."

구현진이 전광판을 응시했다.

그러자 혼조가 그런 구현진을 돌려세웠다.

"아직 1회 초야."

"그래, 아직 1회니까 문제잖아. 초반부터 5 대 0인데 지금부터 전부 막는다 해도 6점은 내야 한다고. 하물며 상대 선발은 에이스잖아. 나인 해멀스라고!"

"그래서 뭐? 아무리 에이스라도 털릴 땐 털려! 무엇보다 넌 우리 팀 타자들을 믿을 필요가 있어. 초반 5점이면 금방 따라잡을 수 있어. 걱정 말고 넌 하던 대로 하면 돼."

혼조는 구현진의 가슴을 가볍게 툭 친 후 곧바로 마운드를 내려갔다. 포수석에 앉으며 마스크를 썼다.

그때 대기하고 있던 7번 타자 조나단 갈로가 들어섰다.

구현진은 조나단 갈로 역시 큰 거 한 방이 있는 타자라는 것을 잘 알았다. 하지만 정확도는 그다지 좋은 편이 아니었다. 조금만 까다롭게 던진다면 분명 땅볼로 이끌 수 있을 거라 생각했다.

그래서 땅볼 유도를 할 줄 알았다.

그런데 혼조는 대담하게 몸쪽 패스트볼을 요구했다.

구현진의 눈이 커지며 물었다.

'진심이야?'

'그래!'

혼조가 고개를 끄덕였다.

구현진의 입꼬리가 씨익 올라갔다. 글러브 안으로 왼손을 집어넣어 포심 패스트볼 그립을 쥐었다.

조나단 갈로는 바깥쪽 꽉 찬 공을 기다리고 있었다.

'너의 초구 패턴 비율은 바깥쪽 공이었다. 난 그 공만 노린다!'

조나단 갈로의 눈빛이 반짝였다.

그사이 키킹 동작을 마친 구현진이 포수 미트를 향해 힘껏 공을 던졌다.

후앗!

조나단 갈로의 몸쪽을 향해 공이 빠른 속도로 파고들어 갔다.

빠른 구속에 조나단 갈로는 노리던 대로 바깥쪽을 의식해 방망이를 휘둘렀다.

하지만 정작 공이 몸쪽으로 들어오자 화들짝 놀랐다.

"이런……."

그렇다고 이대로 헛스윙할 수는 없었다. 어떻게든 툭 하고 밀어쳐 파울이든 안타든 만들고 싶었다.

그러나 구현진의 공은 조나단의 바람에 응해주지 않았다.

퍼엉!

"스트라이크!"

2구째 역시 똑같은 코스로 들어가는 공이었다. 공 반 개 정도 오차가 있었지만 혼조의 프레이밍으로 초구와 같은 공을 만들었다.

심판의 손이 여지없이 올라갔다.

"크윽!"

조나단 갈로의 표정이 좋지 않았다.

'두 번이나 몸쪽이라. 세 번 연속 몸쪽으로 던지지는 않겠지.'

조나단 갈로는 또다시 바깥쪽 공에 포커스를 맞췄다.

하지만 구현진은 그런 조나단 갈로의 생각을 비웃기라도 하는 듯 3구 연속으로 몸쪽 공을 던졌다.

"이, 이런 미친……!"

조나단 갈로가 고함을 지르며 방망이를 돌렸다. 이번에는 절대 놓치지 않겠다며 몸쪽 공에 대처했다.

그런데 공이 홈 플레이트 앞에서 뚝 하고 떨어졌다.

'헉! 체, 체인지업?'

조나단 갈로가 크게 헛치며 몸이 빙글 돌아갔다. 머리에 쓰고 있던 헬멧까지 벗겨졌다.

"괜찮나?"

"네, 괜찮습니다."

조나단 갈로가 헛스윙 삼진을 당한 후 바닥에 한쪽 무릎을 꿇었다.

구현진의 오늘 경기 첫 삼진이었다.

-구, 오늘 첫 삼진을 잡았어요.

-진즉에 삼진을 잡았어야 했어요. 초반부터 이렇게 던졌다면 위기는 없었을 텐데요.

-속단하긴 이르지만, 이번 삼진으로 구가 다시 돌아온 것 같습니다.

-하하핫! 그런 것 같네요.

-이제부터가 진짜 경기입니다.

조나단 갈로가 자리에서 일어나 옷의 흙을 툭툭 털었다. 떨어진 헬멧도 주워서 레인저스 더그아웃으로 향했다.

그사이 레인저스의 8번 타자 카를로스 고메즈가 타석에 들어섰다.

구현진은 마운드에서 내려와 로진백을 툭툭 건드리고 다시 올라갔다.

우타석에 들어선 카를로스 고메즈는 우직하게 공만 보고 있었다.

'저번 타석에서 계속 몸쪽 승부를 했지? 녀석이 몸쪽 승부를 좋아하나?'

카를로스 고메즈가 고민하는 사이 초구, 바깥쪽으로 꽉 찬 공이 들어왔다.

퍼엉!

"스트라이크!"

'바깥쪽? 또다시 패턴을 바꿨나?'

카를로스 고메즈가 타석을 잠시 벗어나 생각했다.

'아니면 일정한 패턴이 없나?'

다시 타석에 들어선 카를로스 고메즈가 포수를 힐끔거렸다.

'이 녀석의 마음대로라…….'

카를로스 고메즈가 다시 고개를 들어 투수를 응시했다.

그사이 혼조의 사인이 끝났다.

'8번 하위타선이야. 이 녀석에게는 굳이 코너웍 위주로 할 필요 없어. 그냥 힘으로 눌러버려!'

혼조가 당당히 미트를 들었다. 구현진이 피식 웃었다.

'역시 넌 영원한 내 안방마님이다. 좋아, 그럼 나도 보답해 줄까?'

구현진이 천천히 키킹을 했다. 그리고 올린 오른 다리를 힘차게 내찼다.

그때를 같이해 뒤에 숨어 있던 왼팔이 팔로우되었다.

후앗!

퍼어엉!

엄청난 굉음과 함께 전광판에 속도가 찍혔다.

[100mile/h(≒160㎞/h)]

"스트라이크!"

주심의 콜과 함께 팬들이 환호하기 시작했다.

"오오오! 100mile/h이야. 100mile/h이 나왔어."

"대단해!"

"이제야 몸이 풀린 거야? 이제야?"

신이 난 팬들과 달리 직접 공을 본 카를로스 고메즈는 꿈쩍도 하지 못했다.

'뭐야. 갑자기 100mile/h이라니!'

2구 역시 100마일의 강속구였다.

카를로스 고메즈가 방망이를 휘둘렀다.

딱!

하지만 힘에서 밀리면서 파울이 되었다.

-구가 100mile/h의 공 두 개로 카를로스 고메즈를 몰아붙였습니다. 자! 다음 공은 어떤 공이 들어올까요? 101mile/h, 아니면 또다시 100mile/h일까요?

카를로스 고메즈는 방망이를 힘껏 움켜쥐었다.

'설마 또 같은 공을 던지지는 않겠지?'

그러나 그런 카를로스 고메즈의 생각은 여지없이 빗나갔다.

혼조는 3구 연속 똑같은 공을 요구했고 구현진은 던졌다.

"이, 이런……."

카를로스 고메즈는 잠깐의 생각으로 인해 헛스윙 삼진을 당했다. 구현진은 두 타자를 연속해서 삼진으로 잡아내며 이닝을 끝마쳤다.

구현진이 긴 이닝을 마치고 더그아웃에 들어갔다. 구현진은 자신의 자리에 앉으며 땀을 닦았다. 그러곤 혼조를 보며 피식 웃었다.

"역시 네가 최고다."

"뭐? 뭐라 했어?"

"……아냐. 혼잣말."

"싱겁긴."

혼조는 피식 웃으며 상체 장비만 벗었다.

구현진 옆으로 투수코치가 다가왔다.

구현진이 고개를 돌렸다.

"코치님."

"괜찮아? 더 던질 수 있어?"

"더 던져도 됩니까?"

"더 던지고 싶으면 더 던져! 아직 불펜 투수도 준비 안 됐어!"

투수코치가 차갑게 말하고는 몸을 홱 돌렸다.

돌아서 걸어가는 투수코치를 보고 구현진이 나직이 중얼거렸다.

"너무 쌀쌀맞네."

그러자 옆에 있던 혼조가 말했다.

"그러니까 좀 잘하지 그랬냐!"

"야, 네가 포수였다면 이러지 않았어."

구현진이 힐끔 에릭 말도나도에게 시선을 두었다.

에릭 말도나도도 배터리 코치랑 이런저런 이야기를 하다가 갑자기 고개를 돌렸다.

구현진과 눈이 마주쳤다. 그 순간 뭔가 낌새를 눈치채고 노려보았다. 마치 자신을 욕하고 있는 듯한 느낌을 받은 모양이었다. 구현진은 재빨리 눈을 돌려 옆에 혼조랑 이야기를 나누었다.

"저 녀석이 설마…… 내 욕을 하고 있는 건 아니겠지?"

"뭐라고 했어?"

배터리 코치가 묻자 에릭 말도나도가 고개를 가로저었다.

"아니, 아니에요. 아까 뭐라고 하셨죠?"

에릭 말도나도는 다시 배터리 코치랑 이런저런 이야기를 나누었다.

구현진은 무서운 눈으로 째려보는 에릭 말도나도의 눈빛을 떠올렸다.

"뭐지? 자기 이야기 하는 걸 알았나?"

"뭐?"

혼조가 물었다.

"아니, 우리 타자들이 조금만 힘써주면 좋겠다고."

"봐. 열심히 하고 있잖아."

"그런데 전혀 공을 공략하지 못하고 있잖아."

1번과 2번 타자가 허무하게 아웃당하고, 3번 타자 매니 트라웃마저 삼진으로 물러나자 구현진이 고개를 절레절레 흔들었다.

"아, 오늘 경기는 텄네, 텄어!"

"야! 무슨 소리야! 너 벌써 그런 약한 소리를 하는 거야?"

혼조의 핀잔에 구현진이 피식 웃었다.

"농담이야, 농담!"

마운드에 오른 구현진은 스파이크로 흙을 고른 후 심호흡을 했다.

'자, 처음부터 다시 시작하는 마음으로.'

"아자!"

구현진이 크게 기합을 넣은 후 투구판을 밟았다.

-1회 초에 난조를 보이며 무려 5점이나 실점했던 선발 투수 구! 2회 초는 과연 어떤 모습을 보여줄까요? 구, 제1구를 던졌습니다.

딱!

1구는 백네트를 때리는 파울이 되었다.

2구는 98mile/h(≒157㎞/h)짜리 몸쪽 패스트볼에 헛스윙.

간단하게 투 스트라이크가 만들어졌다. 공을 건네받은 구현진은 마운드를 내려가 로진백을 툭툭 건드렸다.

'1회 초에 투구수가 많았어. 어떻게든 길게 던질 수 있는 선발이라는 것을 보여줘야 해. 그렇다면 지금부터라도 투구수를 아껴야겠지.'

혼조 역시 구현진의 생각을 알고 있었다.

'투구수를 최대한 줄여야 해. 그렇다고 불필요한 공은 요구하지 않을 거야. 좀 더 빡세게 리드할 테니 잘 따라와라.'

혼조는 구현진의 공을 믿고 있었다. 그래서 아무리 까다로운 공을 요구하더라도 제대로 던져줄 것이라고 확신했다.

'자, 그럼 가볼까?'

혼조의 손가락이 움직였다.

구현진은 가볍게 고개를 끄덕인 후 힘껏 공을 던졌다.

후앗!

바깥쪽으로 날아가던 공이 홈 플레이트 앞에서 갑자기 휘어 안쪽으로 들어갔다.

퍼엉!

"스트라이크! 타자 아웃!"

-삼진! 삼진입니다. 구가 첫 타자를 삼구삼진으로 돌려세웠습니다.

-마지막 공은 슬라이더군요. 우타자 바깥쪽으로 휘어 들어

가는 백도어 슬라이더예요. 우타자에게는 공이 아주 멀어 보이기 때문에 건드리기 까다로운 공이죠.

-지금 공으로 봤을 때 구가 컨디션을 찾았다고 할 수 있을까요?

-1회 초에도 구의 구위는 전혀 떨어지지 않았습니다. 다만 포수와의 연계 문제가 아닐까 합니다.

-포수와의 연계? 무슨 뜻이죠?

-한마디로 포수와의 호흡 문제도 있고, 누구와는 잘 맞다. 이런 거 있지 않습니까. 아무래도 구는 지금 앉아 있는 포수 혼조와 상성이 좋은 것 같습니다.

-아, 그렇군요.

첫 타자를 깔끔하게 삼구삼진으로 돌려세운 구현진은 다음 타자를 상대했다. 타석에 들어선 타자는 레인저스의 1번 타자 엠버 앤드류스였다.

초구부터 몸쪽 승부를 가져갔다. 그러다가 엠버 앤드류스가 2구째 바깥쪽으로 뚝 떨어지는 체인지업을 건드려 3루 땅볼로 아웃이 되었다.

5개의 공으로 두 명의 타자를 잡아냈다.

다음 타자는 2번 타자 추신우였다. 그가 좌타석에 들어섰다.

구현진은 추신우와의 상대 전적이 좋지 않았다. 1회 초에서도 안타를 맞았다.

'추신우 선배…….'

구현진은 타석에 선 추신우를 바라보았다. 추신우 역시 매서운 눈빛으로 구현진을 바라보았다.

'녀석, 정신 차린 것 같아 다행이군. 귀여운 후배라고 봐줄 순 없는 법. 이번에도 안타다.'

추신우가 천천히 방망이를 돌리며 자세를 잡았다.

구현진은 투구판을 밟고 사인을 기다렸다.

혼조가 손가락 두 개를 펼쳤다.

'초구 커브?'

'그래! 바깥쪽으로 휘어지는 커브다.'

혼조가 바깥쪽으로 한 발 내디디며 빠졌다.

구현진은 고개를 끄덕인 후 그립을 고쳐 잡았다. 그러곤 힘껏 공을 던졌다.

후앗!

손에서 벗어난 공이 휘어지며 스트라이크존에 아슬아슬하게 걸렸다.

퍼엉!

"스트라이크!"

초구 커브로 스트라이크를 잡았다.

추신우는 빠른 공을 기다렸는지 초구 커브가 들어오자 움찔했다. 그러나 이내 고개를 가볍게 끄덕이고는 다시 자세를 잡았다.

그는 오른쪽 다리를 까닥까닥했다. 타이밍 잡기 위한 추신우 특유의 방법이었다.

사인을 받은 구현진이 2구째 공을 던졌다. 바깥쪽 포심 패스트볼이었다.

딱!

추신우가 방망이를 휘둘렀다.

하지만 타구는 3루 쪽 파울라인을 벗어났다. 공 2개로 다시 투 스트라이크를 만들었다.

'추신우 선배, 이번에는 절대 안 맞을 거예요.'

구현진이 로진백을 툭툭 건드린 후 사인을 기다렸다.

혼조의 손가락이 부지런히 움직였다. 몸쪽으로 떨어지는 체인지업이었다.

'안 돼! 추신우 선배의 타격은 어퍼 스윙이야. 분명히 체인지업을 노리고 있을 거야.'

구현진이 혼조에게 고개를 흔들었다.

혼조가 고개를 갸웃했다. 그리고 다시 사인을 보냈다.

'아니면 이거?'

'아니.'

'그럼 이거?'

'그것도 말고.'

몇 번의 사인을 주고받았지만, 구현진은 고개를 흔들었다. 사인 시간이 길어지자 추신우가 타임을 요청했다.

"타임!"

심판이 두 팔을 벌리며 타임을 받아들였다.

추신우가 타석을 잠시 벗어났다. 그때 혼조 역시 심판에게 타임을 요청한 후 구현진에게 뛰어갔다.

"왜 그래?"

구현진이 글러브로 입을 가리며 말했다.

"몸쪽 체인지업은 위험해. 추신우 선배의 타격은 어퍼 스윙이야. 잘못 걸리면 크게 한 방 맞을 수도 있어. 왠지 추신우 선배가 그걸 노리고 있는 것 같았어."

"그래? 그렇다면……."

혼조가 잠시 생각을 하더니 고개를 끄덕였다.

"알았어. 나에게 맡겨!"

"그래."

혼조가 포수석에 앉았다. 추신우를 잠시 바라보더니 곧바로 사인을 냈다.

'그럼 일단 슬라이더로 가자. 바깥쪽으로 휘어지는 공으로 반응을 한번 보자고.'

구현진이 고개를 끄덕였다. 그리고 혼조가 원하는 곳으로 힘껏 공을 던졌다.

공이 바깥쪽으로 휘어져 날아갔다. 공 두 개 정도 빠지는 그런 코스였다.

그러나 추신우의 방망이는 움찔할 뿐 나가지는 않았다.

펑!

볼이 선언되며 2스트라이크 1볼이 되었다.

'역시 추신우 선배의 선구안은 알아줘야 한다니까.'

공을 건네받은 구현진이 다음 사인을 기다렸다. 그런데 혼조의 사인을 보고 눈을 크게 떴다.

'이번에 끝내자!'

혼조의 사인은 몸쪽 하이 패스트볼이었다. 추신우 선배의 약점은 높은 공이었다. 혼조는 어퍼 스윙이라는 말만 듣고 곧바로 약점을 파악해 버린 것이다.

구현진이 피식 웃었다.

'역시 너란 녀석은…….'

구현진은 혼조가 원하는 곳으로 힘껏 공을 던졌다.

타자의 눈높이로 날아가는 하이 패스트볼!

퍼엉!

추신우가 방망이를 힘껏 돌렸으나 헛스윙, 삼진이 되었다. 추신우의 입가에 미소가 스르륵 번졌다.

'훗! 이거, 참…….'

구현진은 추신우를 헛스윙 삼진으로 돌려세우고는 주먹을 불끈 쥐었다.

"아자!"

구현진은 대선배 추신우를 삼진으로 잡았다는 사실에 기분이 좋았다.

그 후로 구현진의 구위는 전혀 줄어들지 않았다.

3회 초에도 삼진 두 개와 외야 플라이 하나를 곁들이며 삼자범퇴 이닝을 만들었다.

그리고 4회도 삼진, 땅볼, 삼진으로 삼자범퇴를 만들었다.

구현진은 3이닝 연속 삼자범퇴를 이어갔다.

삼진 역시 늘어나면서 첫 경기에 보여주었던 구현진이 나타났다.

"하아, 점수가 줄어들지 않네, 점수가……."

"야, 그래도 한 점 쫓아갔잖아."

혼조의 말대로 4회 말 벤 루에비어의 우중월 홈런으로 한 점을 쫓아가 주었다.

"그래 봐야 5 대 1. 아직 멀었네."

말로는 투덜거렸지만, 구현진은 웃고 있었다.

그렇게 4회 말은 추가 점수 없이 끝났다.

5회 초에 오른 구현진은 또다시 삼진 2개를 곁들이며 삼자범퇴로 레인저스의 공격을 막았다.

5회 말에는 선두타자로 나선 8번 혼조 토모이츠가 한가운데로 날아오는 초구를 때려 좌중월 홈런을 만들었다.

"오오오! 혼조! 좋아!"

오늘 혼조의 타격은 최고조였다. 첫 타석에서도 안타를 때려냈고, 2번째 타석에서는 홈런을 때렸다. 2타수 2안타였다.

역시 구현진의 든든한 구원자였다. 홈런을 치고 들어온 혼조를 구현진이 격하게 반겨주었다.

"혼조! 역시 마이 베스트 프렌드! 역시 날 살려주는 건 너밖에 없다."

"야, 징그럽게 왜 이래!"

"그런데 너 갑자기 타격이 늘었다."

"당연하지. 나도 언제까지 공격력 없다는 평가를 받고 싶진 않으니까. 저번 겨울에 엄청 고생했다고."

"후후, 이러다가 주전 포수 자리 빼앗는 거 아냐?"

"그럴까?"

"그래! 니가 아니면 누가 하는데?"

구현진이 혼조와 웃으며 얘기를 나눴다.

그사이 9번 케일렙 코발트가 아웃되었다.

구현진이 자리에서 일어났다.

"왜?"

"나 잠깐 화장실 좀."

"그래, 다녀와."

구현진이 화장실을 다녀온 사이, 갑자기 에인절스가 득점을 올렸다.

1번 타자 파누 에스코바가 안타로 출루하고, 2번 안드레이 시몬스가 번트로 1루 주자를 2루로 보냈다.

2사 2루 득점 찬스에서 3번 타자 매니 트라웃이 들어섰다.

초구 스트라이크를 그냥 보낸 매니 트라웃은 계속해서 볼을 골라냈다. 그렇게 볼 카운트가 2스트라이크 2볼까지 이어졌을 때, 매니 트라웃은 5구째 몸쪽으로 파고드는 공을 힘껏 잡아 돌렸다.

딱!

공이 큰 포물선을 그리며 좌익수 방향으로 날아갔다. 공이 점점 휘어지며 파울 폴대를 강타하는 투 런 홈런을 기록했다.

매니 트라웃이 한 손을 치켜들며 유유히 다이아몬드를 돌았다.

5회 말 에인절스가 5-4까지 따라붙었다. 4번 알버트 푸욜이 유격수 땅볼로 아웃되면서 이닝이 끝이 났다.

마침 그때 화장실 갔다가 돌아온 구현진이었다.

"어? 끝났네."

모자와 글러브를 챙겨 다시 마운드에 올랐다. 마운드의 흙을 고른 구현진은 사인을 받고 공을 던졌다.

초구 사인은 몸쪽 포심 패스트볼. 그런데 그 공이 살짝 가운데로 몰리면서.

딱!

중견수와 우익수를 가르는 2루타가 되고 말았다.

-아! 구, 2회부터 5회까지 삼자범퇴로 잘 처리하다가 6회에 들어와서 선두타자에게 2루타를 허용합니다.

-에인절스 타자들이 5회 말 점수를 따라가 줬는데 여기서 점수를 내주면 힘이 빠지겠어요.

혼조가 마스크를 벗으며 곧장 구현진에게 뛰어갔다.

"야, 방금 그 공 뭐야! 정신 안 차려!"

"미안, 미안! 공이 좀 미끄러웠네."

구현진은 별로 대수롭지 않다는 듯 말했다.

하지만 혼조는 그런 구현진을 보고 꾸짖었다.

"정신 차려. 타자들이 기껏 점수를 뽑아내 따라와 줬는데 여기서 실점하면 분위기가 다시 넘어가 버린다고!"

"뭔 소리야? 다 따라잡았다니?"

구현진은 전혀 모르겠다는 듯 말을 했다.

그 모습에 혼조가 한숨을 내쉬었다.

"하아, 내가 미쳐. 너 전광판 점수 안 봤어?"

혼조의 말에 구현진의 고개가 홱 돌아갔다. 전광판에 표시된 에인절스의 점수가 4점이 되어 있었다.

"헉! 언제 쫓아갔냐?"

"언제라니, 네가 화장실 간 사이에 점수를 뽑았지."

"그, 그래?"

"트라웃이 홈런 쳤어!"

"뭐? 트라웃이?"

"그래, 인마!"

"아까 함성이 그 소리였구나."

구현진은 화장실에서 들린 함성이 뭐인가 했다.

"너 트라웃이 홈런 치는 거 안 봤어?"

"당연히 못 봤지. 화장실 다녀온다고 했잖아."

"으그……. 어쩐지 트라웃이 서운해하더라. 너 별말 안 했지?"

"그, 그렇지."

구현진이 그제야 몸을 돌려 트라웃을 바라보았다. 트라웃이 가만히 구현진을 쳐다보고 있었다.

구현진은 자신이 낼 수 있는 최대한으로 환한 미소를 지으며 손가락으로 작은 하트를 날렸다.

혼조는 갑작스러운 구현진의 행동에 당황했다.

"야야, 뭐 하는 거야?"

"이제라도 날려줘야지! 트라웃 사랑해!"

매니 트라웃은 구현진의 갑작스러운 행동에 어리둥절한 표정을 지었다. 그러자 혼조가 구현진을 툭 쳤다.

"야야, 그만해! 주책이다. 진짜! 아무튼, 정신 차려!"

"이럴 줄 알았으면 더 잘 던지는 건데!"

"그러니까, 정신 차리고 던지라고. 안이하게 던지지 마!"

"네네, 알았어요."

"일단 여기서 점수 안 내주면 분위기 탈 수 있어!"

"그렇지? 좋아!"

구현진이 불끈 주먹을 쥐며 다시 의지를 다졌다. 혼조가 포수석으로 돌아갔다. 그리고 구현진의 삼진 퍼레이드가 이어졌다.

내 외각으로 팍팍 꽂혀 들어가는 구현진의 포심 패스트볼에 상대 타자들은 꼼짝을 하지 못했다.

퍼엉!

"스트라이크. 타자 아웃!"

또 하나의 삼진을 잡아낸 구현진은 천적, 아드리안 벨트를 맞이했다. 노장이지만 여전한 파워에 노련미까지 갖춘 타자였다.

하지만 구현진은 초반부터 구위로 눌러 버렸다.

초구 100mile/h(≒160㎞/h)짜리 공이 몸쪽으로 파고들어갔다.

아드리안 벨트가 움찔했지만, 방망이는 움직이지 않았다.

"스트라이크!"

2구는 한가운데로 날아와 떨어지는 체인지업이었고, 아드리안 벨트는 여기에 헛스윙했다.

'이런 루키가 벌써 완급 조절까지 하다니. 이제 대응하기가 점점 힘들어지는데.'

아드리안 벨트는 점점 진화하는 구현진의 구위에 혀를 내둘렀다. 그도 그럴 것이 지금 구현진의 공은 스피드, 컨트롤, 모든 것이 완벽하게 들어가고 있었다.

결국, 아드리안 벨트는 우타자의 가슴팍을 공략하는 몸쪽 높은 공에 헛스윙 삼진으로 물러났다.

퍼어엉!

"스트라이크! 타자 아웃!"

아드리안 벨트는 헛스윙 삼진을 당한 후 떨어진 헬멧을 주었다. 그것을 쓰며 피식 웃었다.

"이거, 이거 점점 힘들어지는구만."

아드리안 벨트가 혼잣말을 중얼거리며 더그아웃으로 물러났다. 그다음 타자 5번 누네 오도어 역시 바깥쪽 떨어지는 체인지업에 헛스윙 삼진으로 물러났다.

첫 타자에게 2루타를 맞은 후 위기를 맞았다고 생각했지만,

레인저스의 클린업 타선을 모두 삼진으로 잡아버렸다.

-오오오오! 구! 정말 대단합니다. 레인저스의 강타선을 모두 삼진으로 돌려세워 버립니다.

-오늘 최고의 공을 이번 회에 보여주는군요.

-구가 돌아왔습니다. 닥터 K가 돌아왔습니다.

에인절스타디움에 있는 관중들도 박수를 치며 크게 환호했다. 더그아웃으로 돌아가는 구현진을 향해 뜨거운 박수를 보내주었다.

뛰어 들어오는 동료들 역시 구현진에게 한마디씩 했다.

“좋았어!”

“잘했어!”

“멋진 공이었어.”

구현진의 구위에 보답이라도 하듯 에인절스는 6회 말 안타와 볼넷 그리고 수비 에러로 간신히 1점을 보탰다.

그리고 1사 만루 찬스에서 드디어 역전의 기회를 맞이했다.

하지만 6, 4, 3으로 이어지는 병살타가 되면서 아쉽게 동점으로 만족해야 했다.

구현진은 역시 몹시 아쉬웠다.

“하아, 안타깝다. 안타까워.”

구현진이 무의식적으로 글러브를 잡고 일어섰다. 그러자 혼조가 구현진을 잡았다.

"너 이번 회에도 나가게?"

"당연하지."

"너 투구수 100개 넘은 거 알아?"

"뭐? 벌써?"

구현진의 고개가 자연스럽게 투수코치에게 향했다. 그리고 간절한 표정을 지었다.

'코치, 나가고 싶어요. 나가고 싶어요.'

투수코치는 그런 구현진을 보며 피식 웃었다. 표정이 너무 웃겼기 때문이었다.

"나 참……."

투수코치가 구현진에게 다가갔다.

"왜, 계속 던지고 싶어?"

"네, 던지고 싶어요. 던지게 해주세요."

투수코치는 구현진의 간절한 모습을 보며 한숨을 내쉬었다. 그리고 자연스럽게 마이크 오노 감독에게 시선을 보냈다.

"감독님, 어떻게 하죠?"

마이크 오노 감독 역시 구현진을 보았다.

구현진은 정말 간절하게 원했다. 그는 두 눈을 똘망똘망하게 뜨고 자신을 바라보고 있었다. 저런 녀석을 보고 어떻게 그만 던지라고 하겠는가.

마이크 오노 감독이 가볍게 고개를 끄덕였다. 승낙이 떨어진 것이다. 투수코치가 고개를 돌려 구현진을 보았다.

"좋아! 이번 회까지야. 알겠지?"

"네!"

"대신 안타 하나라도 맞으면 바로 교체야."

"네, 알겠습니다."

구현진은 힘차게 대답을 하고 마운드로 향했다. 혼조는 그런 구현진을 보며 고개를 절레절레 흔들었다.

"못 말린다, 진짜!"

마운드에 오른 구현진은 눈을 부라리며 타자들을 상대했다. 이번 회가 마지막이라는 것을 아는 만큼 모든 것을 불태울 생각이었다.

타석에 레인저스의 6번 타자 마크 나폴리가 타석에 들어섰다.

1회 초 만루 홈런을 친 장본인이었다.

하지만 두 번째 타석에서는 삼진으로 물러났었다.

구현진은 마크 나폴리를 응시하며 이를 갈았다.

"아직 끝나지 않았다고!"

마크 나폴리는 타석에 선 채 구현진을 바라보았다. 구현진이 무서운 눈빛으로 자신을 응시하자 몸을 움찔했다.

"뭐야? 왜 그렇게 무섭게 쳐다봐? 꼭 빈볼 던질 것처럼……."

마크 나폴리는 달라진 기운에 슬쩍 몸을 뒤로 뺐다.

하지만 구현진은 바깥쪽으로 꽉 찬 스트라이크를 꽂아 넣었다. 두 번째 공 역시 스트라이크가 되며 마크 나폴리는 투스트라이크에 몰렸다.

"뭐야? 그냥 눈을 무섭게 뜬 거였어?"

마크 나폴리가 뒤늦게 자세를 잡아보았지만, 몸쪽으로 파고드는 100mile/h(≒160㎞/h)짜리 포심 패스트볼에 헛스윙 삼진으로 물러났다.

구현진은 그다음 두 타자 역시 삼진과 유격수 땅볼로 처리하며 7회 초를 잡아냈다.

그리고 에인절스의 7회 말 공격이 시작됐다.

에인절스는 2타자 연속으로 허무하게 아웃을 당해, 2아웃이 되었다. 그런데 1번 타자와 2번 타자가 볼넷과 안타로 2사 1, 3루의 찬스를 만들어주었다.

그리고 전 타석에서 홈런을 때린 매니 트라웃이 타석에 들어섰다.

구현진은 잔뜩 긴장한 얼굴로 매니 트라웃을 응원했다.

"트라웃, 안타 하나만 쳐줘. 나에게 승리를 안겨달라고."

하지만 구현진의 그런 바람과 달리 매니 트라웃이 잡아당긴 3구째 몸쪽 공은 유격수 앞 땅볼이 되어버렸다.

"아……."

구현진은 머리를 감싸며 안타까운 탄성을 흘렸다.

그런데 잠시 후 동료들의 환호가 들려왔다.

그리고…….

"달려! 달리라고!"

구현진이 고개를 치켜들었다.

3루 주자가 홈을 밟으며 점수를 득점한 것이었다. 매니 트라웃은 1루에서 민망한 얼굴로 웃고 있었다.

"야, 어떻게 된 거야?"

구현진은 참지 못하고 물었다. 그러자 혼조가 피식 웃으며 말했다.

"저 유격수가 알을 깠어."

"뭐?"

구현진은 곧바로 자리에서 벌떡 일어나며 매니 트라웃을 향해 엄지를 올렸다.

"역시 트라웃이라고, 실책도 트라웃이 타자니까 하는 거라고."

그렇게 점수가 뒤집히고 나서 8회 초부터는 불펜이 가동되었다.

그렇게 8회를 막고, 9회는 마무리 버드 노리스가 올라와 깔끔하게 삼자범퇴로 막았다.

에인절스가 6 대 5로 승리하면서 구현진 역시 1승을 추가했다.

방어율은 다소 올라갔지만, 승수는 챙길 수 있었다.

[에인절스, 레인저스와의 마지막 4차전 간신히 승리! 홈 개막 4연전을 2승 2패로 마무리! 구현진은 승리를 챙겼지만, 1회 초의 5실점이 옥에 티가 된 가운데 초반 흔들림이 그의 숙제로 남게 되었다. 하지만 그 후 빼어난 투구로 삼진으로 잡으며 닥터 K의 귀환을 알렸다.]

그 밑에 댓글이 달리기 시작했다.

ㄴ구! 간신히 이겼네.

ㄴ운이 좋았지! 에인절스 타자들이 점수를 뽑아줬으니까.

ㄴ나름 잘 던졌어.

ㄴ확실히 운이 좋긴 하지.

ㄴ이봐! 구가 운이 좋다고? 게임을 잘 좀 봐! 구가 그 경기에서 삼진을 몇 개 잡았는지 확인해 봐! 7회까지 무려 13개의 삼진을 잡았다고. 1회에 잠시 제구력이 흔들려서 5점을 줬지만, 2회부터는 완벽한 투구였어. 닥터 K의 환생이라고!

2.

에인절스의 클럽 하우스.

웃통을 벗어 던진 건장한 남자들이 허리 아래로 수건 한 장만 걸친 채 돌아다니고 있었다. 그 안에서 기자 프리패스를 착용한 여자 아나운서가 아무렇지 않게 인터뷰를 하고 있었다.

구현진도 샤워를 마친 후 라커룸 앞에 앉아 짐을 챙겨 집으로 돌아갈 채비를 하는 중이었다.

그때 핸드폰이 '지잉' 울렸다.

구현진은 곧바로 액정에 뜬 발신자를 확인했다. 한국에서 온 전화였다.

"아버지?"

구현진은 곧바로 통화 버튼을 눌렀다.

"여보세요."

-오야, 애비다. 지금 통화 가능하나?

"그럼요, 어쩐 일이세요?"

-우짠 일이긴. 아들 목소리 듣고 싶어서 전화 안 했나.

"아, 그러세요?"

-그보다, 니 오늘 어디 안 좋았나?

"괜찮아요. 아픈 곳도 없고."

-맞나?

"네."

-그라믄 됐다! 드가라!

"아버지는 어때요?"

-나도 괘안타! 전화비 많이 나온다. 고마 끊자!

"괜찮아요. 아들, 돈도 잘 버는데."

-그기 내 돈이가. 치아라, 마! 니가 괜찮으면 됐제. 끊는다.

"아, 아버지……."

-뚜뚜뚜뚜…….

구현진은 통화가 끊긴 핸드폰을 바라보며 피식 웃었다.

"아무튼, 무뚝뚝하시긴……."

통화를 끝낸 구현진이 정리를 끝내자, 혼조가 다가왔다.

"다 했나? 가자!"

"그래, 가자."

그렇게 구현진은 혼조와 함께 클럽 하우스를 나섰다.

그 시각 장만호는 집에서 스포츠 기사를 보고 있었다.

장만호가 보는 것은 메이저리그 기사였다. 오늘 구현진의 선발 등판에 대한 하이라이트를 보고 있었다.

그때 샤워실 문이 열리며 이순정이 나왔다. 티셔츠와 반바지 차림의 이순정은 수건으로 머리를 털었다. 그리고 거실 한편에 있는 장만호를 발견하고 미소를 지었다.

장만호는 그런 줄도 모르고 여전히 하이라이트를 보는 데 집중하고 있었다.

이순정이 장만호 옆으로 와서 툭 건드렸다.

"니는 안 씻나?"

"……뭐?"

"퍼뜩 씻으라. 자야지."

"알았다……."

장만호의 신경은 온통 스포츠 하이라이트에 집중되어 있었다.

그런 장만호를 보고 이순정의 표정이 살짝 일그러졌다. 하지만 이내 표정을 풀고, 콧소리가 잔뜩 들어간 목소리로 말했다.

"아이잉, 현진이 경기 끝났잖아."

"좀 있어 봐라. 지금 다른 기사가 또 뜨잖아!"

이순정의 애교에도 장만호는 꿈쩍도 하지 않았다.

그러자 이순정에게서 싸늘한 기운이 뿜어져 나왔다.

"현진이는 원래 잘하잖아!"

"그래, 잘하지. 잘해……."

장만호가 약간 떨떠름한 표정이 되었다.

"현진이 자식, 부럽네."

장만호는 메이저리그에서 활약하는 구현진이 너무 부러웠다.

그러자 이순정이 툭 내뱉었다.

"그리 부럽나? 그람 현진이랑 살든가!"

"현진이랑 살…… 응? 뭔 소리고?"

장만호가 이상한 낌새를 느끼고 고개를 돌렸다. 그곳에 팔짱 낀 이순정이 날카로운 눈빛으로 째려보고 있었다.

"아, 또 와 그라노?"

장만호가 실실 웃으며 이순정에게 다가갔다. 그러자 이순정에 손을 툭 치며 매몰차게 말했다.

"치이라. 내 건들지 마라. 알았제!"

"에헤이, 와 그라노. 진짜! 이리 온나!"

"손대지 말라 켔다! 오늘 니랑 자기 싫거든. 소파에서 자!"

이순정은 그 말과 함께 방으로 들어가 버렸다. 장만호가 뒤쫓아 갔지만 이미 방문은 잠겨 있었다.

"순정아! 순정아, 이……."

장만호가 문을 두드리며 불러보았지만 방 안에서는 아무런 말도 들려오지 않았다.

"하아……."

깊게 한숨을 내쉰 장만호가 터벅터벅 걸음을 옮겨 소파에 털썩 앉았다.

"현진이, 니 때문에 내가 뭔 짓인지 모르겠다."

장만호는 괜히 큰 소리를 치더니 이내 소파에 누워버렸다.

"그건 그렇고……. 나도 열심히 해서 메이저리그 가고 싶다. 젠장, 써글……."

소파에 누운 장만호가 몸을 뒤척였다.

3.

시즌 첫 2경기를 치를 때까지만 해도 구현진은 평균자책점 2.18을 기록하고 있었다. 2경기 던져 2승. 승운까지 따르니 1차 목표였던 10승도 금세 채울 수 있을 것 같았다.

하지만 애석하게도 구현진은 4월에 승수 쌓기에 실패했다. 추가로 3경기를 더 던졌지만, 그 후로는 승패가 없었다.

3번째 경기에서 6이닝 동안 삼진 8개로 무실점하며 호투를 펼쳤지만, 타선의 지원을 받지 못해 노디시전이 되었다.

4번째 등판은 원정경기였다.

초반에 살짝 흔들리며 위기를 자초했지만, 후반으로 갈수록 공의 위력이 세지면서 7이닝 무실점 11삼진을 기록했다. 이 역시 노디시전이 되면서 구현진은 승패를 챙기지 못했다.

다른 투수들이 등판하는 날에는 타선이 폭발하는데 유독 구현진이 등판하는 날에는 타자들의 방망이가 힘을 쓰지 못했다. 그럼에도 구현진은 닥터 K의 면모를 유감없이 보여주고 있었다.

4경기 동안 구현진의 기록은 평균자책점 2.48, 삼진 42개였다.

4월의 마지막 경기는 로얄즈와의 홈경기였다. 7회까지 무실점 투구를 펼친 구현진. 너무 잘 던졌지만, 이번에도 승리를 챙기지 못하고 마운드를 넘겨줘야 했다.

그리고 약속한 타자들은 로얄즈의 불펜을 대거 공략해 5점을 뽑아냈다.

에인절스는 구현진의 역투로 승리를 하며 아메리칸 리그 서부 지구 1위를 달리기 시작했다. 구현진은 비록 승리를 챙기지 못했지만 빼어난 투구로 팬들에게 강한 인상을 남겼다.

4월, 5경기에 출전해 2승 0패 평균자책점 1.25, 삼진은 무려 60개를 기록했다.

이는 모든 신인 투수 중 1위였으며 구현진은 아메리칸 리그 이달의 신인상 유력 후보 중 하나였다.

에인절스 구단에서는 5월이 시작되자마자 4월의 MVP를 뽑았다.

바로 구현진이었다.

구현진은 매니 트라웃을 제치고 구단 MVP를 받았다. 보너스로 2만 달러와 함께 트로피가 전달되었다.

그러나 4월에 너무 잘 나갔을까?

구현진은 살짝 들떠 있었다. 그런 감정 때문인지 5월 첫 경기부터 꼬이기 시작했다.

5월 첫 등판은 블루윙스와의 원정경기였다. 그런데 등판 전

불펜에서 공을 던질 때부터 어깨가 무거워 보였다.

구현진은 애써 괜찮다고 했지만, 막상 경기에 들어가 보니 제대로 실력 발휘가 되지 않았다. 포심 패스트볼의 구속은 약 4mile/h(≒6㎞/h)가량 떨어졌고, 체인지업 역시 밋밋했다.

무엇보다 4월간 단 한 번도 맞지 않았던 홈런을 5월에 들어와 갑자기 얻어맞기 시작했다.

결국, 5월 첫 등판인 블루윙스전에서 5이닝 4실점 첫 패전을 안게 되었다. 그다음 경기에서 잘 던져야겠다는 마음이 너무 강했는지 이번에는 어깨에 힘이 잔뜩 들어갔다.

그렇다 보니 자꾸 포심 패스트볼에 집중했다. 타자들은 당연히 포심 패스트볼만 노렸고, 그 결과 또다시 홈런을 맞게 되었다.

그 후 타자들의 방망이를 이끌어내려고 했던 체인지업마저 무너지고 말았다.

그렇게 되자 5월 들어서 구현진의 피홈런과 피안타율이 급상승했다. 4월 한 달 1.25였던 평균자책점이 5월에 들어 급격히 높아졌다.

5월, 5경기에 나선 구현진은 1승 1패를 기록했다. 한 경기는 거의 억지로 이겼다고 봐야 했다.

이로써 5월까지 구현진의 기록은 3승 1패, 평균자책점 3.51까지 치솟았다. 4월의 신인상까지 받은 구현진은 5월에 들어와서 루키의 한계를 보여주며 무너지고 있었다.

이에 전문가들이 한마디씩 했다.

[구현진의 공이 읽히고 있다.]

[다른 팀들이 바보가 아닌 이상, 구현진의 투구 패턴을 읽는 것은 가능하다.]

[신인의 한계!]

[4월에는 잘 던졌지만, 5월부터 서서히 드러나기 시작하는 구현진!]

[구현진의 위기! 이대로 괜찮은가?]

이런저런 기사들이 계속해서 쏟아져 나왔다. 구현진은 애써 침착하게 자신의 페이스를 유지하려고 했지만 쉽지 않았다.

혼조도 구현진에게 힘을 주기 위해 여러 방면으로 애를 썼으나 소용없었다.

어쨌든 이런 위기도 구현진 스스로 극복해야 할 과정이었다. 이것을 극복한다면 구현진 역시 한 단계 성장하게 될 것이었다.

"흠……."

피터 레이놀 단장은 구현진에 관한 기사를 보며 인상을 찡그렸다. 솔직히 따지면 이제 막 올라온 루키가 3승 1패에 평균 자책점 3.51이면 엄청 잘하는 것이었다.

하지만 에인절스의 팬들은 그렇게 받아들이지 않았다.

구현진이 초반부터 워낙에 강력한 인상을 줘서 그런지 더 많은 것을 요구하는 것 같았다.

"하아……. 언론에서는 왜 자꾸 구를 흔들고 있지? 신인이 이 정도면 정말 잘하고 있는 건데 말이야."

피터 레이놀 단장은 고개를 절레절레 흔들며 한탄했다. 그때 문을 두드리는 소리와 함께 레이 심슨 보좌관이 들어왔다.

"단장님, 에인절스에서 보고가 올라왔습니다."

"뭔가?"

"2선발인 파커 브리드웰이 훈련 중 햄스트링 부상을 당했다고 합니다."

"뭐?"

피터 레이놀 단장은 레이 심슨이 내민 보고서를 확인했다. 찬찬히 확인하던 피터 레이놀 단장이 고개를 끄덕였다.

"뭐, 어쩌면 잘된 일인지도 모르지."

"뭐가 말입니까?"

"이번 기회에 신인을 테스트하는 걸로 하지. 지금 트리플 A에 누가 있지?"

"트리플 A에서 신인을 올리자는 말씀이십니까?"

"그래, 지금 구가 신인인데 너무 부담을 가지고 있는 같아. 모든 관심이 구현진에게 쏠려 있어. 우리 신인이 얼마나 잘하나? 수퍼 루키, 구! 그렇게 추켜세워 줄 때는 언제고, 지금은 의심의 눈초리로 바라보고 있잖아."

"으음……."

레이 심슨 보좌관이 생각해도 그랬다.

아직 구현진은 신인 투수 중에서 전체 1위를 차지하고 있었다. 비록 5월에 들어와서 주춤하고 있지만 그건 잠깐의 슬럼프라 생각을 했다.

"하긴 4월에 어마어마한 성적을 냈으니까요."

"그래, 그게 문제라는 거야. 아무리 그래도 구는 이제 막 메이저리그에 올라온 루키야. 이제야 각 구단이 구에 대한 견제를 시작하고 있지 않나. 그런 시간인데 벌써 구를 에이스 취급하고 있으니 내가 얼마나 답답한가. 구가 에인절스의 에이스가 될 재목은 맞지만, 지금은 아니야. 이제 막 메이저리그에 합류한 그가 겪을 부담감을 생각해 보게. 다들 그에게 너무 큰 기대를 하고 있어."

피터 레이놀 단장은 답답한지 레이 심슨에게 한탄을 늘어놓았다.

레이 심슨이 고개를 끄덕이며 말했다.

"사람의 욕심이라는 것이 한도 끝도 없지 않습니까."

"그래서 이번 기회에 신인을 올려 구가 루키로서 얼마나 잘 하고 있는지 보여줄 필요가 있는 거지."

"하지만 단장님……. 그 녀석은 아직 트리플 A에서 성적이 그다지……."

레이 심슨이 고개를 흔들며 반대를 했다.

"그러니까, 내가 말했잖아. 팬들이 구에 다한 고마움을 알게 해줘야 한다고 말이야."

피터 레이놀 단장의 말을 듣고 있던 레이 심슨이 조심스럽게 태블릿을 내밀었다.

"우선 이것 좀 보시겠습니까?"

레이 심슨이 내민 것은 바로 하나의 기사였다.

[한 자리 빈 에이절스의 선발진에는 토미 톰슨이 올라올 차례이다.]

[토미 톰슨에게 선발진 자리의 한 축을 맡겨야 한다.]

이런 기사들이 올라와 있었다.

하지만 피터 레이놀 단장은 대수롭지 않게 생각했다.

"뭐야? 이런 기사는 흔하잖아! 원래 누구 내려갔다고 하면 지들끼리 막 그러잖아. 무시해!"

"하지만 내용을 확인해야 할 것 같은데요."

"내용?"

피터 레이놀 단장이 기사를 클릭했다.

[참고로 토미 톰슨은 스프링캠프 때 준수한 기량을 뽐냈다. 하지만 피터 레이놀 단장의 선택은 구현진이었다. 피터 레이놀 단장은 토미 톰슨을 트레이드하면서 구현진을 메이저리그에 남기려고 했다. 항간의 소문에 의하면 자신이 데려온 구현진을 밀어주기 위한 퍼포먼스였다는 얘기가 흉흉하게 들려오기도 했다.

하지만 그 트레이드는 불발이 되었다. 토미 톰슨의 팔꿈치에 이상 소견이 발견되었기 때문이었다. 그리고 마이너리그에서 부상치료를 완료한 지금이, 바로 토미 톰슨에게 기회를 줘야 할 때이다.

어차피 에인절스는 파커 브리드웰의 부상으로 한 자리가 빈 지금 토미 톰슨을 올려야 한다. 팬들도 그걸 원하고 있다.]

피터 레이놀 단장은 인상을 찡그렸다.

"뭐, 이딴 식으로 썼어. 뭐야? 누가 쓴 거야?"

"지금 그게 문제가 아니라 팬들의 분위기가 심상치가 않아요. 아무래도 수준급의 투수가 없는 상황에서 신인을 올릴지도 모른다는 소문이 나도니까 구단주께서도 그렇고…… 무엇보다 팬들이……."

레이심슨의 말을 들은 피터 레이놀 단장은 잠깐 고민하더니 깊게 한숨을 내쉬었다.

"후우, 어쩔 수 없네. 토미 톰슨을 올릴 수밖에."

"예, 알겠습니다."

피터 레이놀 단장은 어쩔 수 없이 선발 등판 하루 전날 토미 톰슨을 콜업하였다.

토미 톰슨은 곧장 밤 비행기를 타고 에인절스타디움으로 향했다. 그리고 몇 시간 잠을 청하지 못하고 곧바로 선발로 나서게 되었다.

비록 몸은 피곤할지언정 토미 톰슨은 혼신을 다했다. 그야말로 역투를 펼친 끝에 토미 톰슨은 9이닝 1실점 10개의 삼진을 잡으며 완투승을 거두었다.

토미 톰슨이 무너질 거라 생각했던 피터 레이놀 단장의 예상이 빗나간 것이었다.

그리고 토미 톰슨의 인터뷰가 진행되었다.

"오늘 메이저리그에 올라와서 어마어마한 활약을 보여줬습니다. 어떻게 생각하십니까?"

"메이저리그에 올라온 만큼 확실하게 보여주겠습니다. 그리고 제게 기회를 준 피터 레이놀 단장에게 고맙다는 말을 해주고 싶습니다."

"앞으로 계획이 있다면 무엇입니까?"

"단순히 살아남기 위한 투구가 아니라 성적으로 제가 돌아왔음을 확실히 보여드리겠습니다."

토미 톰슨은 그 말과 함께 고개를 홱 돌려 누군가를 쳐다봤다.

그곳에 구현진이 쓴웃음을 지으며 서 있었다.

4.

경기가 끝난 경기장은 한산했다.

구현진은 더그아웃에 홀로 앉아 그저 멍한 상태로 운동장을 바라보고 있었다. 그때 혼조가 이리저리 두리번거리다가 더그아웃에 얼굴을 내밀었다.

"야, 여기 있었어?"

"어? 혼조냐?"

"한참 찾았잖아!"

"아, 그랬어? 미안. 생각할 것이 좀 있었어."

혼조가 구현진 옆자리로 가서 앉았다.

"왜? 토미 때문에?"

혼조의 물음에 구현진이 피식 웃었다.

"솔직히 그 녀석이 올라올 줄은 몰랐어."

"그런데 팔꿈치 부상 아니었어?"

"그냥 약간의 염증 소견이래. 크게 심한 건 아니었나 봐."

"그래? 잘 치료했나 보네."

"그런가 봐……."

구현진과 혼조는 하염없이 운동장만 바라보았다. 그러다가 혼조가 대뜸 말했다.

"그런데 말이야. 그 녀석 원래 잘 던졌나?"

"그럼! 잘 던지긴 했지. 그리고 체력도 빵빵하지. 마이너에서 치료에만 집중했으니까. 올라오기 전에 재활 경기 한 번 치른 게 전부였대."

"그래? 그래도 난 저렇게 잘 던질 줄은 몰랐다. 조심해야 하지 않을까?"

"후훗, 그러게?"

구현진은 그저 웃기만 했다. 그러다가 혼조가 옆을 툭 치며 말했다.

"에이, 그래도 넌 5선발 확정이잖아! 그 녀석은 금방 내려갈 거야. 걱정 마!"

"그렇겠지?"

"그럼! 이것저것 걱정할 것 없이 그냥 맘 편히 하고 네가 할 것만 하면 돼!"

"알았어."

구현진이 자리에서 일어났다.

"집에 가자!"

"그래!"

집으로 돌아온 두 사람은 거실에 가방을 내려놓았다. 구현진이 혼조를 보며 물었다.

"어떻게? 내가 먼저 씻을까?"

"그래, 난 너 씻고 나오면 씻을게."

"알았어."

구현진이 곧바로 샤워실로 들어갔다. 그사이 혼조는 소파에 앉아 TV를 틀었다. 리모컨으로 다른 채널을 돌리다가 한 곳에 멈추었다.

스포츠 채널이었다.

그곳에서 아나운서와 각 분야 전문가들이 나와 토론을 하고 있었다. 그런데 토론의 주제에 구현진의 이름이 들어가 있었다.

혼조는 심각한 표정으로 그들의 대화를 들었다.

-토미 톰슨은 오늘 경기에서 자신의 실력을 유감없이 발휘했습니다. 그만한 선수를 왜 마이너리그에서 썩히는지 에인절스의 의도를 알 수 없군요.

-그렇습니다. 최근 구의 컨디션이 좋지 않은데 토미 톰슨 같은 선수가 회복하니 에인절스로서는 다행이지요.

-확실히 최근 경기를 두고 보면 토미 톰슨은 구현진과 비교

할 대상이 아닙니다. 1선발 또는 2선발에 둘 선수이지요. 후에 파커 브리드웰이 복귀할 걸 생각하면 현재 에인절스 선발진에 구의 자리는 없다고 봐야 합니다.

그들의 말을 듣고 있던 혼조가 자리에서 벌떡 일어났다.
"무슨 말도 안 되는 소리야!"
마침 샤워실에서 나온 구현진이 그런 혼조를 보며 물었다.
"왜? 무슨 일이야?"
"아, 아니야. 아무것도."
혼조가 서둘러 TV를 껐다. 구현진이 혼조 곁으로 다가갔다.
"뭐 보고 있었는데?"
"그냥 재미없는 거! 그보다 다 씻었어?"
"다 씻었지. 너 들어가!"
"알았어."
혼조가 눈치를 살피고는 곧장 샤워실로 들어갔다.
구현진은 그런 혼조를 보고 고개를 갸웃했다. 소파에 앉아 리모컨을 찾는데 샤워실 문이 열리며 혼조가 다급하게 말했다.
"TV 틀어봤자 재미없는 것밖에 안 하더라. 그냥 인터넷이나 해."
"왜? 나 TV 보고 싶은데?"

"보지 마! 알았지? 보지 마!"

"알았어!"

구현진은 리모컨을 내려놓고 노트북을 열었다. 전원 버튼을 누른 후 수건으로 머리를 닦았다. 부팅이 된 후 인터넷을 킨 구현진은 야구 관련 뉴스를 찾았다.

그때 구현진의 눈에 하나의 기사가 들어왔다.

[구현진 5선발 경쟁 시작!]

"5선발 경쟁? 뭔 소리야! 나 확정인데?"

구현진은 그 기사를 보고 솔직히 기분이 좋지 않았다. 이미 정규 시즌이 시작되었고, 1선발부터 5선발까지 정해졌다.

그런데 인제 와서 5선발 경쟁이라니?

구현진은 황당하기도 하고 어이가 없었다.

"이게 무슨 소리야."

구현진은 재빨리 스크롤로 기사를 내려 댓글을 확인했다. 그 밑에 에인절스 팬들의 댓글이 달리기 시작했다.

ㄴ토미 톰슨인가? 어제 던지는 걸 봤는데. 구보다 잘 던지던데?

ㄴ나도 동감!

ㄴ왜 마이너리그에 있었지?

ㄴ저 정도면 충분히 선발 한 자리 차지할 수 있지 않아?

ㄴ요즘 구의 컨디션이 너무 안 좋긴 해.

ㄴ구가 위험해지네.

이런저런 얘기들이 올라왔지만 대부분 토미 톰슨을 옹호하는 글이었다. 그 내용을 확인한 구현진은 괜한 배신감이 들었다.

4월 한 달만 해도 에이스니, 에인절스에 없어서는 안 될 존재니 추켜세웠던 이들이다. 그런데 5월에 잠시 주춤했다고 곧바로 저런 식으로 말하니 마음이 아팠다.

"그래도 루키치고는 잘했는데……. 나에게 너무한 거 아냐?"

구현진은 홀로 중얼거리면서 약간 서운한 마음을 내비쳤다. 그러나 이내 마음을 다잡았다.

"두고 봐! 내일 경기 때 나의 존재를 확실하게 보여주겠어."

구현진은 눈에 불을 켜며 의지를 다졌다.

22장
경쟁(1)

1.

다음 날 구현진은 타이거즈와의 홈경기에 나섰다.

구현진은 1회 초부터 불안하게 출발했다. 1번 타자를 2루수 땅볼로 잘 처리했지만 2번, 3번 타자를 볼넷을 내보냈다.

다행히 4번 타자를 유격수 땅볼로 만들어 더블플레이를 만들었지만, 구현진 특유의 삼진 능력은 거의 실종되었다.

2회와 3회도 마찬가지였다. 매회 주자를 내보내며 위기를 만들었다. 그나마 다행인 것은 위기관리 능력을 보여주며 무실점으로 막았다는 것이었다.

하지만 4회 초에 기어코 문제가 발생했다.

첫 타자를 상대로 2구째 바깥쪽 꽉 찬 포심 패스트볼을 던진 구현진은 우익수 방면 안타를 맞았다.

두 번째 타자는 구현진의 포심 패스트볼을 건드리며 끈질기게 승부를 끌었다.

비록 파울 볼뿐이었지만 공을 건드린다는 것은 타이밍만은 맞추고 있다는 뜻이었다.

체인지업 역시 구현진 생각만큼 위력을 발휘하진 못했다.

그렇다 보니 포심 패스트볼에 의존할 수밖에 없었다.

투구 패턴이 완벽하게 꼬여 버린 것이었다.

"젠장……. 왜 이러지? 왜 이렇게 제구가 안 돼?"

구현진이 마운드 위에서 자책했다.

그러나 구현진은 자신의 투구 밸런스가 무너진 이유를 전혀 파악하지 못하고 있었다. 단순히 맞지 않으려고 억지로 던지다 보니 무너진 투구 자세는 더욱 악화될 뿐이었다.

체인지업은 말썽이고, 커브와 슬라이더는 아직 미완성이었다. 던진다고 해도 그저 카운트를 잡는 것이 전부였다.

현재 구현진은 총체적 난국에 빠져 있었다.

"하아……. 미치겠네."

구현진은 자신의 공이 마음에 들지 않을수록 힘을 더 주었다. 그럴수록 어깨에 힘이 잔뜩 들어갔고, 동작은 뻣뻣해졌다.

그 결과 구현진의 최대 장점이었던 제구력마저 사라져 버렸다.

내·외각으로 팍팍 꽂히는 구현진 특유의 빠른 공.

타자의 눈높이에서 떨어지는 체인지업.

그 장점이 모두 사라지자, 메이저리그 타자들에겐 너무나 평범한 공이었고 상대는 마치 배팅 볼을 치듯 손쉽게 경기를 풀어나갔다.

딱!

안타를 또 맞았다.

다행히 더블플레이가 이루어지며 위기를 벗어났다.

하지만 결국 5회 초에 한 점, 6회 초에 또 한 점을 내줬다.

그리고 6회 초, 구현진은 1사 만루의 상황을 맞이했다.

-아, 오늘 구 왜 이럴까요? 또다시 볼넷을 내줍니다.

-오늘 볼넷만 몇 개죠? 4월에 보여줬던 그 모습이 완전히 사라져 버렸어요.

-정말 루키의 한계가 왔나 봅니다.

-아, 6회 1사 만루에서 마이크 오노 감독이 마운드를 방문합니다.

-마이크 오노 감독도 답답할 겁니다.

구현진은 마이크 오노 감독이 올라오자마자 대뜸 말했다.

"막을 수 있어요!"

"아니야, 이만하면 수고했어. 내려가!"

"감독님, 충분히 막을 수 있다니까요."

"불펜 몸 다 풀었어. 이 뒤는 불펜에 맡겨."

마이크 오노 감독이 손을 내밀었다.

구현진은 글러브 안에 있는 공을 만지작거렸다. 그리고 공을 빼내 마이크 오노 감독에게 주었다.

그 순간 구현진은 자존심이 상했다. 잔뜩 굳어진 얼굴로 마운드를 내려갔다.

"어쨌든 수고했어!"

마이크 오노 감독이 구현진의 엉덩이를 가볍게 툭 쳐주었다. 구현진은 얼굴을 잔뜩 찡그린 채 더그아웃으로 가서 앉았다. 그사이 불펜이 나와 몸을 풀고 있었다.

"제기랄!"

구현진은 스스로에게 화가 났다. 머리를 감싸며 괴로워했다. 그때 아주 맑고 경쾌한 타격음이 들려왔다.

딱!

구현진 고개가 확 하고 들려졌다. 구현진을 구원하기 위해 올라온 불펜이 그만 만루 홈런을 맞아버린 것이었다.

"미치겠네."

구현진이 중얼거리며 표정을 일그러뜨렸다. 원래 2실점이었는데 구현진이 남겨놓은 주자들이 모두 들어와 5실점이 되었다.

"하아, 평균자책점이 또 늘어났네."

너무 답답했다. 요즘 계속 공이 생각처럼 들어가지 않았다. 불펜마저 도움을 주지 않았다. 물론 주자를 남기고 들어온 것은 구현진 잘못이지만, 만루 홈런은 좀 너무했다는 생각이 들었다.

결국, 에인절스는 타이거즈에게 8 대 4로 졌다. 구현진은 패전 투수가 되었고, 평균자책점은 3.78로 올라갔다.

그날 스포츠 뉴스는 구현진의 기사로 도배되었다.

[구현진, 충격의 5실점! 이래서 되겠는가?]

[구, 5선발 경쟁에서 탈락하고 마는가?]

[루키에게 혹독한 메이저리그!]

[반짝하고 사라지는 루키 많아!]

언론은 구현진에게 부정적인 기사를 쏟아냈다.

구현진 역시 왜 그런지 몰라 너무 답답해했다. 모든 것이 제대로 풀리지 않고 있었다.

그러던 중 마이크 오노 감독이 구현진을 불렀다.

"부르셨습니까?"

구현진이 감독실로 들어갔다.

"어서 와."

"무슨 일로?"

"다름이 아니라 이번 주에 휴식일이 돌아오잖아. 그런데 하필 그날이 네 선발 일정과 겹쳐. 이참에 선발을 한 번 거르는 것이 어떨까?"

"아뇨, 괜찮습니다. 던지겠습니다."

"이건 고집 피울 상황이 아니야. 혹시 또 모르잖나. 그동안 무리해서 컨디션이 나빠졌을지. 자네에겐 휴식이 필요해. 그러니 이번에는 내 말 들어."

마이크 오노 감독의 말에 구현진은 잠시 망설였다. 그러다가 잠깐의 시간이 흐른 후 고개를 끄덕였다.

"알겠습니다."

"그래, 이번에 체력 안배도 좀 해."

"네."

구현진이 감독실을 나와 길게 한숨을 내쉬었다.

"하아……."

그리고 힘없이 터벅터벅 클럽 하우스로 걸어갔다.

5일 후 이동일 겸 휴식일이 원래 구현진의 등판날이었다.

그러나 마이크 오노 감독의 제안대로 구현진의 등판은 취소됐다. 휴식을 준다는 차원에서였다.

하지만 언론은 그렇게 보지 않았다.

[구! 선발에서 탈락하는가?]

[마이크 오노 감독! 구에게 휴식을 주었다]

[구가 등판하는 날 1선발 유스메이로 패팃이 등판!]

[이대로 구는 마이너리그행?]

[굴러온 돌이 박힌 돌을 빼는 형상?]

[지금 활약하고 있는 토미 톰슨이 구를 대신해 선발 확정!]

여러 가지 추측성 기사들이 쏟아져 나왔다. 하지만 구단도 구현진도 전혀 대응하지 않았다. 그 시각 구현진은 자책하며 절망하고 있었다.

2.

구현진은 하루 휴식을 받았다.

운동장에도 나오지 말고 오로지 휴식을 취하라는 명령이었다. 그래서 구현진은 집에 있기로 했다. 하지만 오늘 벌어지는 경기에 무척이나 관심이 갔다.

신경 쓰이는 토미 톰슨이 선발로 나오기 때문이었다. 소파에 앉아 TV를 켰다. 그러고는 곧바로 스포츠 채널로 돌려 에인절스 야구 중계를 찾았다.

"이제 한다!"

이제 막 경기가 시작되었다.

마운드에는 토미 톰슨이 올라와 있었다. 구현진은 토미 톰슨의 경기에 집중했다.

"잘 던지네……."

구현진이 TV 화면을 보며 혼잣말을 중얼거렸다. 공을 던지는데 막힘이 없었고, 포수가 원하는 곳으로 공을 팍팍 꽂아 넣었다. 몇 번의 위기가 있었지만, 무사히 넘겼다.

위기관리 능력 역시 보여주고 있었다.

두 방의 솔로 홈런으로 2실점 한 것이 옥에 티였다. 그러나 그 외는 완벽한 투구를 보여주었다.

-토미 톰슨이 6회를 마치고 내려갑니다. 저 보십시오, 당당한 걸음걸이. 내가 돌아왔다고 알리는 것 같습니다.

-오늘 토미 톰슨은 매리너스의 강타선을 맞이해 6이닝 동안 완벽하게 틀어막았어요.

-네, 그렇습니다. 비록 홈런 두 방으로 2실점 하기는 했지만 따지고 보면 타자들이 잘 쳤다고 볼 수 있어요.

-선발 투수의 호투에 호응하듯 타자들 역시 힘을 냈습니다. 매니 트라웃이 현재까지 2안타 3타점 홈런 1개를 기록하였고

알버트 푸욜 역시 하나의 홈런을 때려냈습니다.

-지금 보면 토미 톰슨이 무력시위라도 하고 있는 것 같아요.

-네, 맞아요. 내가 여기 있다. 이렇게 잘 던지는데 마이너에 내려보낼 것이냐.

-메이저리그에 올라올 때마다 후반에 아쉬운 모습을 보였던 토미 톰슨. 최고의 컨디션을 보여주는 지금은 에인절스의 희망입니다.

-아무래도 스프링캠프 때 뭔가 실수가 있었던 것 같아요. 이런 선수를 남겨야 했다니까요.

-물론 구도 잘 던지고 있지만, 토미 톰슨보다는 조금 모자란 것 같아요. 솔직히 이런 상태면 구가 내려가지 않을까요?

-그럴 가능성이 조금 보이긴 합니다.

"뭐야, 저 사람들! 젠장할!"

구현진은 곧바로 TV를 끄고 리모컨을 소파 위로 던졌다. 구현진은 잔뜩 인상을 찡그리며 콧김을 뿜어내고 있었다.

"고작 3경기 잘 던진 거 가지고 난리야. 난 더 많이 던졌는데……."

5월이 부진했다고 곧바로 등을 돌리는 팬들과 캐스터들에게 강한 배신감이 들었다. 지금 상태에서도 구현진은 메이저리그 신인 전체 1위를 유지하고 있었다.

하지만 팬들은 그걸 모르는 것 같았다. 구현진은 오히려 그것이 답답했다.

"나도 신인이라고, 루키란 말이야. 루키가 이 정도면 잘하는 건데……."

구현진은 씁쓸했다. 가슴이 답답하기까지 했다. 그러다가 괜히 미안한 마음이 들었다.

"그래, 내가 믿음을 못 줘서 그래. 맞아, 그래서 그런 거야. 다음에 잘 던지면 돼. 힘내자, 현진아!"

구현진은 언제 그랬냐는 듯 밝은 표정으로 스스로에게 응원을 보냈다.

그때였다.

테이블 위에 올려놓았던 핸드폰이 지잉 하고 울렸다. 구현진이 냉큼 전화를 받았다.

"여보세요?"

-나야!

"어, 혼조! 경기 끝났냐?"

-그래, 우리가 이겼어.

"고생했네……."

-지금 뭐 하고 있냐?

"뭐 하긴 그냥 집에 있지."

-나와라, 같이 밥이나 먹자!

"밥?"

-그래! 왜? 먹기 싫어?

"아, 아니야. 어디로 가면 돼?"

-시내 레스토랑, 내가 잡아놨으니까. 거기로 와.

"알았어. 지금 나갈게."

전화를 끊은 구현진은 자리에서 일어나 곧장 샤워실로 향했다.

3.

한 시간 후 시내로 나온 구현진은 혼조와 만나기로 한 레스토랑에 도착했다.

"여기가 맞나?"

구현진은 레스토랑 안으로 들어갔다. 지배인이 나오며 구현진에게 인사를 했다.

"어서 오세요, 구 선수! 일행께서는 이미 와서 기다리고 계십니다."

"아, 예에."

"이쪽으로 오시죠. 안내해 드리겠습니다."

지배인은 구현진을 알고 있었다. 하긴 구현진도 나름 인기

스타였다. 지배인의 안내를 받으며 레스토랑 안으로 들어가니, 창가 쪽 자리에 혼조가 앉아 있었다.

그리고 낯익은 남자 한 명도 앉아 있었다.

"어? 호세?"

구현진은 혼조와 함께 앉아 있는 호세 브레유를 보고 눈이 커졌다. 혼조와 호세 역시 구현진을 발견하고 표정이 밝아졌다.

"야, 호세! 여긴 어쩐 일이야?"

"하핫, 오랜만이다."

두 사람은 악수를 한 후 포옹을 하며 서로 반겼다. 두 사람은 자리에 앉았다.

"어떻게 된 거야?"

구현진이 물었다. 그러자 호세 브레유가 미소를 지으며 말했다.

"나 잘하면 메이저리그에서 뛸지도 몰라."

"뭐?"

"뭐라고?"

"뭘 그리 놀라고 그래?"

혼조가 가만히 고개를 끄덕이며 말했다.

"안 그래도 오늘 2루수 케이렙이 부상을 당했거든 혹시나 그것 때문이 아닐까?"

혼조의 말에 구현진이 박수를 쳤다.

"야, 어쨌든 잘된 일이잖아. 우리 셋이 다 같이 메이저리그에서 뛰는 걸 상상이나 했겠냐?"

"그래, 잘됐다! 정말 잘됐어!"

"아직 몰라. 정식으로 콜업 된 건 아니야. 일단 대기하고 있으라고 해서 말이야……."

"그게 그거지! 암튼 축하한다."

"그래, 축하해."

구현진과 혼조 두 사람은 기쁨 표정을 감추지 못했다. 호세 브레유는 쑥스러운 듯 뒷머리를 긁적였다.

"그런 의미에서 오늘 밥은 네가 사라!"

구현진의 말에 혼조가 곧바로 동조했다.

"그거 맞는 말이네. 네가 사!"

"뭐야? 왜 그렇게 되는데?"

호세 브레유가 어이없는 표정을 지었다. 구현진과 혼조는 재미있는 듯 서로를 보며 피식 웃었다.

"그야, 당연히 우린 너 뜯어 먹는 재미로 살잖아!"

"맞아! 몇 달 동안 그걸 못했더니 손이 떨려."

혼조는 손까지 떨어가며 말을 했다. 두 사람의 모습에 호세 브레유는 웃고 말았다.

"너희는 메이저리그에 올라가서도 하나도 변하지 않았네."

"당연하지!"

"그럼!"

그렇게 웃고 떠드는 사이 음식이 하나둘 나왔다.

호세 브레유는 메이저리그 생활에 관해 물었고 구현진과 혼조는 마이너리그에 있는 옛 동료들에 관해서 물었다.

"야, 그 녀석은 아직도 그대로야?"

"한결같지."

"역시 변함이 없네."

"하핫! 그렇지? 나도 깜짝 놀랐다."

호세 브레유가 와인 한 잔을 마시고는 구현진을 바라보았다.

"너, 기분은 어때?"

"기분? 뜬금없이 무슨 말이야?"

구현진 역시 와인 한 모금을 마시며 물었다.

"토미 톰슨이 올라갔잖아."

"아! 토미……."

호세 브레유 입에서 토미 톰슨의 말이 나오자 구현진의 표정이 씁쓸해졌다.

"토미가 잘 던지니까, 신경 쓰이지 않아?"

"뭐……."

구현진이 애써 미소를 지었다. 그러자 가만히 듣고 있던 혼조가 나섰다.

"야, 말도 마! 트리플 A에서 올라왔다고 아주 죽일 듯이 이를 악물고 던지더라!"

"그래, 잘 던지더라."

"잘 던지면 뭐 해. 인성이 안 되었는데. 현진이를 어찌나 째려보던지. 아주 살벌하더라고."

"그래? 후……."

호세 브레유가 씁쓸하게 미소를 지었다. 구현진도 마찬가지였다. 그런 구현진을 보고 혼조가 말했다.

"다들 얼굴이 왜 그래? 야! 힘을 내! 그리고, 현진아, 괜찮아! 그 녀석 잡을 수 있어. 신경 쓰지 마!"

"그렇겠지?"

"당연하지! 너의 공이 최고야!"

"고맙다!"

구현진은 혼조의 위로에 미소를 되찾았다.

하지만 호세 브레유의 표정은 더욱 안 좋아졌다. 아니, 아예 굳어져 갔다. 호세 브레유가 조용히 포크와 나이프를 내려놓고 냅킨으로 입 주위를 닦은 후 조용히 말했다.

"있잖아, 애들아."

"왜?"

"할 말 있어?"

"미안한데, 웬만해서 내가 이런 말 안 하려고 했거든. 그런데 너희 둘 얘기하는 것 보니 친구로서 말해줘야 할 것 같아. 아무래도 너희들 정신 차려야겠다."

"무슨 소리야?"

호세 브레유의 뜬금없는 말에 구현진과 혼조가 눈을 크게 떴다. 호세 브레유가 차근차근 얘기했다.

"너희, 토미가 마이너리그에서 얼마나 열심히 연습했는지 알아? 정말 이를 악물고 연습했어. 아마 마이너에 있는 그 누구보다도 제일 열심히 했을 거야. 난 네가 더 분했으면 좋겠어. 그래서 더 열심히 했으면 좋겠어. 토미 톰슨은 그럴 만한 노력을 했고 실력을 갖춰 도전한 거야."

호세 브레유의 따끔한 충고에 조금 전까지 즐겁기만 했던 분위기가 다소 차갑게 식었다.

때마침 호세 브레유의 핸드폰이 울렸다.

"여보세요? 아, 네! 맞습니다. 지금 여기……. 아…… 그래요? 잘 알겠습니다. 아닙니다, 괜찮습니다. 네, 네. 그럼……."

호세 브레유가 담담한 표정으로 전화를 끊었다. 그러자 혼조가 재빨리 물었다.

"뭔데? 뭔데? 구단에서 전화 온 거지?"

"구단에서 온 거야?"

구현진 역시 궁금해서 물었다. 그러자 호세 브레유가 애써 미소를 지으며 고개를 끄덕였다.

"구단에서 뭐래?"

"나 콜업이 다음으로 미뤄졌어."

"왜 그걸 그렇게 담담하게 얘기하는데?"

혼조가 버럭 소리를 질렀다. 그러자 호세 브레유가 처음으로 욕을 내뱉으며 안타까워했다.

"씨팔! 나도 몰라! 솔직히 큰 기대는 안 하고 왔는데……. 연락은 왔지만 될지, 안 될지 모르는 상태이기도 했고……. 뭐, 근처에서 경기를 하고 있어서 만약을 대비해 와 있었던 거라, '아니면 그냥 가면 되지.' 이런 생각으로 왔어. 그런데 막상…… 듣고 나니 기분 더럽네!"

호세 브레유는 애써 웃고 있었지만, 눈가에 눈물이 조금 맺혀 있었다.

구현진과 혼조 역시 굳어진 얼굴로 가만히 있었다. 여기서 무슨 말을 해야 할지 딱히 떠오르지 않았다.

잠깐 침묵이 흐르고 먼저 감정을 추스른 사람은 호세 브레유였다.

"뭐, 어쨌든 일은 이렇게 되었고, 남아 있는 너희들이 내 몫까지 열심히 해! 난 너희 경기 보면서 힘을 내고 있을 테니까. 최선을 다해! 메이저리그로 올라가려 발버둥 쳤던 마이너리그 때의 마음가짐을 잃지 말고."

"그래."

"고맙다."

세 사람은 그렇게 뜨거운 우정을 나눴다. 호세 브레유는 친구들과의 짧은 만남을 뒤로하고 밤 비행기로 솔트레이크 시티로 향했다.

구현진과 혼조는 호세를 배웅하고 집으로 돌아오는 길에 한마디도 하지 않았다. 그저 무거운 침묵만이 맴돌았다.

4.

다음 날 구현진은 평소와 다름없이 훈련했다.

오전에는 스트레칭과 가벼운 러닝과 캐치볼, 하체 훈련을 했고, 더불어 추가로 경기장을 돌았다.

그렇게 오전 훈련을 마친 구현진은 휴식을 위해 클럽 하우스로 이동했다.

"아, 덥다!"

"물 마실래?"

혼조가 물병을 건넸다. 그것을 본 구현진이 얼굴을 와락 일그러뜨렸다.

"윽!"

"왜? 왜 그러는 거야? 어디 아파?"

"아, 아니. 오줌 마려."

"야, 놀래라."

혼조는 가슴을 쓸어내렸다. 구현진은 그런 혼조의 모습이 재미있는지 웃었다.

"어서 갔다 와!"

"알았어."

구현진은 곧바로 화장실로 향했다.

"으으, 시원하다."

볼일을 보고 손을 씻은 후 밖으로 나왔다. 그런데 어디선가 익숙한 목소리가 들려왔다.

"어라? 바비 목소리인데? 바비가 구단에 왔구나."

구현진은 오랜만에 바비랑 인사라도 나누려고 목소리가 들리는 방향으로 걸어갔다. 그런데 바비는 낯익은 어떤 사내와 이야기를 주고받고 있었다.

그것도 자기 얘기를 하는 것 같았다.

"가만, 저 사람은 누구지? 낯이 익는데……."

구현진이 고개를 갸웃하며 바라보고 있을 때 그 남자가 조심스럽게 물었다.

"그건 그렇고 말이야. 너희 괜찮냐?"

"왜요?"

"너희 선발진 상태가 별로 안 좋아 보이던데?"

"에이, 무슨 소리예요. 지금 선발 잘 돌아가고 있는데요. 구도 있고, 다른 젊은 투수들이 얼마나 잘하고 있는데요."

바비는 아무렇지 않은 듯 말을 했다. 하지만 상대 남성이 피식 웃었다.

"뭘 그렇게 괜찮은 표정을 짓고 있어. 내가 말하고 싶은 건 구라고, 구!"

순간 구현진의 표정이 굳어졌다. 자신도 모르게 몸을 숨겼다.

"지금 내 얘기를 하는 거야?"

구현진은 자기 얘기가 나오자 저도 모르게 귀를 기울였다.

"요즘 구 상태가 영 안 좋아 보이던데 알고 있어?"

"아, 알고 계셨군요. 사실, 저도 조금 걱정이긴 해요."

"야, 그런 일이 생겼으면 빨리 스카우터들이나 구단 프런트들에서 문제점을 파악하고 대책을 마련해 줘야지. 지금 뭐 하고 있는 거야?"

남성은 바비를 질타하고 있었다. 바비 역시 남성의 질타를 겸허히 받아들이는 분위기였다.

"그, 그래야 하는데 뭐부터 해야 할지 잘 모르겠어요. 아니, 그러지 말고요. 탐이 보기에는 뭐가 문제인 것 같아요?"

"딱 보면 몰라? 지 성질에 못 이기는 거지!"

그 말을 듣고 있는 구현진의 눈이 확 떠졌다.

"저, 저도 거기까진 생각을 했는데요. 그걸 곧이곧대로 얘기해 줘야 하나요?"

바비가 조심스럽게 물었다. 그러자 탐이 고개를 끄덕였다.

"당연하지. 투수에게는 자기 리듬이라는 게 있어. 그것을 투구 리듬, 또는 투구 밸런스라고 하지. 마운드에 있다 보면 자기는 느끼지 못하지만, 조금씩 피로가 쌓여. 그 상태에서 공을 던지다 보면 조금씩 구위가 떨어지게 돼. 지금 구도 그런 상황이야. 구위가 떨어지니까 억지로 던지게 돼. 예전 생각만 하면서 삼진 잡으려고 힘으로 몰아붙이고 있어. 그러니 성적이 안 나올 수밖에."

"지금 생각해 보니 그러네요."

바비가 고개를 끄덕이며 공감을 하고 있었다. 탐은 거기서 멈추지 않고 계속해서 지적했다.

"그것만 문제일 것 같아?"

"아니죠. 체인지업도 무너졌죠."

"뭐, 거기까지 알았다면 됐네. 그런데 여기서 또 한 가지 문제가 있어."

"문제가 또 있나요?"

"하아……. 답답하네. 그걸 알아채지 못하다니. 내가 널 헛 가르쳤네."

"그러지 말고 가르쳐 줘요."

"구의 구종이 뭐가 있지? 내가 보기에는 딱 투 피치 투수인 것 같던데."

"에이, 커브도 던지고요."

"커브? 누구나 다 알아보는 커브? 거기에 누가 속는데?"

"슬라이더도 나쁘지 않아요."

"훗! 그게 슬라이더면 파리도 새겠네."

가만히 듣고 있던 구현진은 탐의 노골적인 말에 속이 부글부글 끓었다.

"저런 씨……."

구현진의 얼굴이 점점 붉어졌다. 그러다가 문득 기억이 떠올랐다.

"가만, 저 사람 어디서 봤나 했더니……."

구현진은 탐이 누군지 떠올랐다. 예전 더블 A 때 상대 팀 코치로 있었던 사람이었다.

"저 사람 그때 그 코치……. 마법사 코치잖아!"

구현진은 그때의 기억을 더듬어보았다.

더블 A 시절에 원정을 갔었다. 그런데 상대 팀 투수가 파이어볼러였다. 공을 참 잘 던졌는데, 커터가 말썽이었다. 그런데 이닝이 종료된 후 저 사람이 따로 불러 뭔가를 열심히 가르치고 있었다.

급기야 선발 투수인데 섀도우 피칭까지 시키고, 중간중간 자세까지 교정해 주면서 말이다.

"뭐지? 아무리 그래도 그렇지, 벌을 주는 것도 아니고……."

당시 구현진은 그 모습을 보고 중얼거렸다.

어쨌든 탐의 지시를 받고 올라간 이닝부터 커터의 위력이 갑자기 상승했다. 어마어마한 공이 들어오는 것이었다. 구현진이 속한 팀의 타자들은 그 투수의 공을 공략하지 못했고, 탈삼진도 13개나 당했다.

갑자기 확 달라진 구위에 구현진은 깜짝 놀라며 코치에게 물었다.

"저 사람 누구예요?"

그러자 코치가 말해주었다.

"저 사람은 마법사야!"

"마법사요?"

"응, 저 손을 걸치며 마법처럼 투수들이 살아나!"

구현진은 그때의 기억을 더듬으며 천천히 앞으로 나갔다. 마치 탐에게 홀리기라도 한 듯 걸어갔다.

마침 바비가 구현진을 발견하고 손을 흔들었다.

"어? 구!"

탐 역시 구를 보고 약간 미안했던지 헛기침을 했다.

"허헛!"

바비는 환한 표정으로 구현진을 맞이했다.

"여기 있었어? 오랜만이다."

"아, 네. 저기서 피칭 연습하고 있었어요."

"그래?"

바비는 대답을 하고 곧바로 탐을 소개해 줬다.

"아, 맞다. 인사해, 이분은 예전에 같이 일했던 동료."

"알아요, 마법사로 불리는……."

그 순간 탐이 놀란 눈빛이 되었다.

"어? 날 알아?"

"알죠. 예전에 경기장에서 봤어요."

"그래? 자네가 나를?"

"더블 A 시절에 잠깐요."

"아! 그래? 근데 왜 나에게는 기억이 없지?"

"그땐 내가 경기에 나가지 않았거든요."

"그렇군. 아무튼, 반갑네."

탐이 악수를 청했다. 그러자 구현진이 탐의 손을 덥석 잡았다. 순간 탐이 움찔했다.

"왜, 왜 그러나?"

"가르쳐 주세요."

"뭐? 뭘?"

"슬라이더를 잘 던지고 싶어요."

"갑자기 무슨 뜬금없는 소리야?"

"저 슬라이더가 엉망이라면서요."

"누가? 누가 그래?"

"저 다 들었어요."

"나, 아무 말도 안 했는데."

탐은 일단 오리발을 내밀고 봤다.

하지만 옆에서 듣고 있던 바비가 작게 한숨을 내쉬며 말했다.

"내가 그럴 줄 알았어요. 그러니까 목소리 좀 작게, 작게 말하라고 했잖아요. 남 험담을 무슨 그리도 크게 말해요."

"쉿! 조용히 해. 너 뭔 소리야?"

탐은 바비를 보며 버럭 했다. 하지만 구현진은 간절했다.

"아니, 저 화내는 게 아니에요. 저 정말 잘 던지고 싶어서 물어보는 거예요. 아까 저에 대한 단점을 말했잖아요. 저의 슬라이더가 그렇게 형편없었나요?"

"솔직히 말해줘?"

"네!"

"맞아, 형편없어. 그걸 메이저리그에서 던진다는 자체가 말이 안 돼!"

"그래도, 이거 유명한 선수한테 배운 건데요."

"물론 그 선수는 잘 가르쳐 줬겠지. 너 언제부터 슬라이더 제대로 던졌는데."

"이번 시즌부터요."

"그럼 그 슬라이더가 나쁜 건 아냐. 그런데 투구 밸런스가 무너진 상태에서 슬라이더를 그따위로 던지면 다 티가 나잖아."

"어떻게 해야 할까요?"

구현진이 눈을 반짝이며 물었다. 그러자 탐이 대수롭지 않게 말했다.

"열심히 해야지. 잘해봐!"

"네? 그게 다예요?"

"그럼 뭘 더 바라? 여기까지 얘기해 줬으면 나머지는 네가 알아서 해야지."

탐이 말을 하고 돌아서려는데 구현진은 끝까지 손을 놓지 않았다.

"그냥 가지 마세요. 제발 좀 가르쳐 주세요. 저 정말 급해요."

"아, 왜 그래! 이 손 좀 놔봐."

탐이 구현진의 손아귀에서 벗어나려고 했다. 그러나 구현진은 끝까지 놔주지 않았다. 그 모습을 본 바비가 나섰다.

"왜요? 좀 봐줘요. 마법사의 기적을 이 친구한테도 보여줘요."

바비의 요청에 탐은 한숨을 푹 내쉬었다.

"하아, 거참……. 알겠네. 딱 10분만 봐준다."

"네, 감사합니다."

구현진의 표정이 환해졌다.

그길로 곧바로 불펜으로 이동했다. 물론 혼조에게 급히 공 좀 받아달라고 했다. 영문도 모른 채 혼조는 10여 분간 구현진의 공을 받았다.

가만히 지켜보던 탐이 손을 들었다.

"그만!"

탐은 정말 딱 10분만 구현진의 투구 모습을 지켜봤다.

"네 슬라이더는 내가 생각했던 것보다 괜찮네."

"아, 그래요? 그런데 뭐가 문제일까요?"

"내가 해줄 수 있는 말은 포심을 던질 때와 슬라이더를 던질 때 보이는 릴리스 포인트가 너무 차이가 난다는 거야."

구현진은 탐이 해주는 말에 귀를 기울였다.

"그것 때문인 것 같기도 하고……. 솔직히 요새 너무 포심에만 신경을 써서 던지는 것 같단 말이지. 포심 구위가 한참 떨어져 있는데도 말이야."

"하지만 포심 말고 다른 걸 던지면 모두 장타를 맞으니까."

"포심 구위가 떨어지면 당연히 문제가 생기지. 그렇다고 포심이 너무 튀어버리면 다른 구종이 죽어! 알면서 그러냐? 그리고 슬라이더도 너무 한 그립으로만 던지지 마. 네게 맞는 슬라이더 그립을 찾아서 던지는 것이 중요해. 또한, 투구 밸런스를 놓치면 뭔가 감각을 찾는 데 집중해야 하는데, 너는 그냥 던지는 것에만 익숙해져 있어. 계속 그것만 해!"

구현진은 탐의 충고를 듣는 와중에 갑자기 구대승 선배가 했던 말이 떠올랐다.

'혹시라도 슬라이더가 네 맘대로 안 될 경우에는 그립을 조금씩 바꿔가며 던져. 그 상태로 최적의 로케이션을 너 스스로 찾아야 해. 체인지업 하나만 믿고, 슬라이더를 안일하게 던지면 절대 안 된다.'

'맞아, 그랬었지! 내가 그걸 왜 이제야…….'

구현진은 갑자기 자신이 한심하게 느껴졌다. 이제야 구대승 선배가 해줬던 충고를 떠올렸으니 말이다. 그때는 그냥 흘려들었던 것을 말이다.

'아, 내가 너무 안일했구나.'

구현진은 스스로를 탓했다. 그리고 그것을 깨닫게 해준 탐에게 감사했다.

"고마워요. 알려줘서."

"난 별얘기 안 했는데. 뭐, 아무튼 잘해봐."

"네, 정말 감사합니다."

탐은 바비와 함께 그 자리를 떠났다. 그러자 포수석에 있던 혼조가 구현진에게 다가왔다.

"야, 저 양반이 뭐래?"

"열심히 하래!"

"뭐? 그게 다야?"

"그래, 열심히 하라고."

"쳇! 난 또 뭐 대단한 사람인 줄 알았네."

혼조는 콧방귀 끼며 장비를 벗으려 했다. 그러자 구현진이 다시 장비를 착용시키며 말했다.

"빨리 저기 가서 앉아봐."

"어? 끝나지 않았어?"

"아니, 나 오늘 100개 채울 거야."

"쉬엄쉬엄하지. 체력적으로 안 될 것 같은데."

"아니. 열심히 할 거야. 열심히 해야 해! 대신에 무조건 슬라이더만 던질 테니까. 좋은 공이 들어오면 말해줘."

"정말 할 거냐?"

"당연하지, 어서 가서 앉아봐."

"알았어."

그렇게 구현진은 슬라이더만 100개 던졌다. 그중에서 몇 개의 슬라이더는 혼조에게서 OK 사인을 받았다. 물론 나머지는 형편없었다.

하지만 구현진의 표정이 좋아졌다. 혼조에게 OK 사인 받은 슬라이더에 대해 어느 정도 감을 잡았기 때문이다.

'역시 그동안 내가 너무 안일하게 던졌구나.'

구현진은 그동안 자신이 놓치고 있었던 것을 깨달을 수 있었다. 그렇게 되자 하루라도 빨리 마운드에 오르고 싶어졌다.

"아, 빨리 다음 경기가 왔으면 좋겠다!"

5.

"하아, 하아……."

마운드 위에 선 구현진이 거친 숨을 내쉬었다. 경기 전부터 약간 몸이 무거운 것도 있었고, 슬라이더를 연습하느라 체력을 많이 소비한 것도 있었다.

그래서 포심 패스트볼을 무리해서 던지지는 않았다. 그렇다 보니 구속이 뚝 떨어졌다. 대략 94마일~95마일을 던지고 있었다. 최대 5마일 정도 구속이 감속한 상태였다.

저번 경기에서는 이 정도 구속이 나왔는데도 많이 맞았다.

그러나 오늘 경기에서는 좀처럼 안타를 허용하지 않았다. 단 하나 맞은 안타는 체인지업을 던져 맞은 타구였다.

-오늘 유난히 구의 공이 날카롭지 않습니까?

-저도 그렇게 느꼈습니다. 오늘은 특히 슬라이더의 비중을 많이 늘렸어요.

-맞습니다. 포심의 구속은 많이 떨어진 반면, 슬라이더가 한층 날카로워졌어요.

-한 번의 휴식 동안 무슨 일이 있었던 것일까요?

구현진은 매리노스의 4번 타자를 상대하고 있었다. 초구 슬라이더를 몸쪽으로 붙이며 던졌다. 날아든 공이 홈 플레이트 앞에서 갑자기 횡으로 확 꺾이며 꽂혔다.

퍼엉!

4번 타자가 몸을 움찔하며 뒤로 물러났다.

하지만 주심의 콜은 스트라이크였다.

타자는 두 번째 공 역시 슬라이더일 거라 예상하고 그에 타이밍을 맞췄다.

역시 똑같은 코스로 공이 날아왔다.

4번 타자의 방망이가 힘껏 돌아갔다. 그런데 횡으로 꺾이는 것이 아니라 그냥 뚝 떨어졌다. 체인지업이었던 것이다.

4번 타자는 체인지업에 헛스윙하였다.

"젠장!"

슬라이더의 구위가 워낙에 좋다 보니 다른 구종에 속을 수밖에 없었다. 그리고 마지막은 몸쪽 하이 패스트볼이었다.

퍼어엉!

“스트라이크, 타자 아웃!”

4번 타자가 헛스윙 삼진 아웃을 당하였다. 그는 더그아웃으로 들어가며 고개를 절레절레 흔들었다. 구종의 다양성과 살아난 제구력 때문에 어디에 포커스를 맞춰야 할지 헷갈렸다.

그런 식의 투구를 펼친 구현진은 땀을 많이 흘렸지만 타자들을 현혹시키며 호투하고 있었다.

“안 힘들어?”

혼조가 물었다.

“몸은 좀 피곤한데 괜찮아. 컨디션도 나쁘지 않아. 이대로 계속 던질 수 있을 것 같아.”

“알았어.”

혼조가 포수석으로 갔다.

마이크 오노 감독과 투수코치도 이야기를 나누고 있었다.

“감독님, 오늘 구의 공이 살아났는데요. 포심의 구속은 떨어졌지만, 적절한 슬라이더에 타자들이 제대로 공략을 못 하고 있어요. 하지만 많이 힘들어 보이는데요? 불펜 가동할까요?”

“아니, 좀 더 지켜보지.”

“알겠습니다.”

그렇게 구현진은 7회 말에도 올라왔다. 그런데 이때까지도 구현진의 공은 살아 있었다. 투구수 역시 100구도 넘지 않았다.

마이크 오노 감독은 남은 이닝을 체크해 가며 구현진에게 마운드를 맡겼다.

결국, 구현진은 9이닝 1실점 완투승을 거두었다. 삼진은 7개밖에 되지 않지만, 땅볼이 많이 나왔다.

역시 이날 경기 MVP는 구현진이었다. 곧바로 구현진의 인터뷰가 이어졌다.

"오늘 1실점 완투를 했습니다. 어떻게 생각하시나요?"

"우선 저를 믿어주신 감독님께 감사합니다. 선발 등판을 한 번 건너뛰면서 충분히 쉴 수 있었습니다. 덕분에 컨디션을 찾을 수 있었고 다행히 오늘 좋은 성적을 올린 것 같습니다. 감독님의 배려에 감사할 뿐입니다."

"조금 불편할 수 있는 질문을 하겠습니다. 단장하고 모종의 딜이 있었다고 하던데 사실인가요?"

"피터 단장님께서는 절 스카우트하기 위해 직접 나섰던 분입니다. 그만큼 저를 아끼시는 것은 알고 있습니다. 저 역시 단장님이 아니었다면 에인절스로 올 생각을 못 했을 겁니다."

구현진이 잠시 목을 가다듬은 후 다시 입을 열었다.

"단장님은 자신을 믿고 열심히 하면 반드시 기회를 주겠다고 하셨습니다. 단장님도, 저도 그저 약속을 지킨 것뿐입니다. 저는 선수로서 최선을 다했고 단장님은 열심히 하는 선수에게 기회를 주신 거죠. 그동안 조금 헤매긴 했지만 오늘 승리를 거두었고 앞으로도 제 가치를 증명하도록 하겠습니다."

"예, 좋은 말씀 감사합니다. 오늘 승리 축하드립니다."

"네, 감사합니다."

구현진이 인터뷰를 마치고 내려갔다. 그때 토미 톰슨과 눈이 마주쳤다. 구현진이 가볍게 목례로 인사를 했다.

하지만 토미 톰슨은 눈빛을 날카롭게 빛내며 쳐다만 봤다.

그리고 그날 팬들은 난리가 났다.

└구가 살아났다!

└역시 구다.

└저런 당찬 인터뷰를 하는 사람은 구밖에 없지!

└역시 구는 에인절스의 미래다.

팬들의 찬양이 여기저기서 들려왔다.

한편 토미 톰슨은 팬들의 반응을 보고 초조해지기 시작했다.

"고작 한 경기 잘한 거뿐이야. 난 더 잘할 수 있어. 다음 경기에 난 9이닝 완봉승을 거두면 돼. 완봉승!"

토미 톰슨은 초조해하며 스스로를 채찍질했다. 그리고 토미 톰슨이 선발로 나선 날, 악몽이 시작되었다. 토미 톰슨은 안타를 맞지 않으려고 하다가 오히려 안타를 맞았다.

아주 난타를 당했다. 결국, 8실점 패전 투수가 되었다. 이제는 구현진과 반대가 되었다.

마이크 오노 감독은 인터뷰를 통해 토미 톰슨을 두둔했다.

[한 경기 정도는 괜찮다. 다음 경기에서 살아날 것이다.]

그리고 다음 구현진의 선발 경기. 구현진은 7이닝을 무실점으로 완벽하게 틀어막았다. 무뎌졌던 포심 패스트볼 또한 제구속을 되찾으며 완벽하게 부활에 성공한 것이었다.

무엇보다 보강한 슬라이더를 통해 포심 패스트볼과 체인지업의 투 피치 투수라는 이미지를 벗어나 쓰리 피치 투수로 인식되는 경기였다.

마이크 오노 감독은 매우 만족감을 드러냈다.

[역시 구다! 우리 에인절스의 차세대 에이스가 될 재목이다.]

토미 톰슨은 두 번째 경기마저 5이닝을 채우지 못하고 와르륵 무너졌다. 결국, 마이크 오노 감독마저 고개를 절레절레 흔들었다.

이에 전문가들의 생각마저 바뀌었다.

[구! 이대로 5선발 굳히기로 들어갔다.]

[완벽하게 부활한 구! 자신이 에인절스의 5선발임을 확실하게 보여줬다.]

[2선발 파커 브리드윌 재활 끝! 조만간 복귀 경기! 과연 누가 살아남을 것인가?]

토미 톰슨에게 마지막 기회가 찾아왔다. 구현진이 지켜보는 경기에서 토미 톰슨은 이를 악물고 던졌다.

4회까지 잘 던졌던 토미 톰슨.

5회 안타와 볼넷으로 만루를 채우고 말았다. 그리고 만루 홈런을 맞고 고개를 떨어뜨렸다.

마이크 오노 감독이 마운드에 올랐다.

"수고했다!"

토미 톰슨은 공을 주고 싶지 않았다.

하지만 교체 사인이 떨어진 이상 어쩔 수 없었다. 토미 톰슨이 고개를 푹 숙이고 마운드를 내려갔다.

더그아웃으로 돌아온 토미 톰슨을 동료들이 따뜻하게 맞이해 주었다.

"수고했어."

"잘 던졌어."

그때 구현진이 다가와 말했다.

"수고했어."

토미 톰슨은 구현진을 무섭게 째려보았다. 그러곤 몸을 홱 하고 돌려 더그아웃 뒤쪽으로 사라졌다.

그것이 구현진이 본 토미 톰슨의 마지막 모습이었다.

그날 곧바로 토미 톰슨은 마이너리그행 통보를 받고 짐을 싸 내려갔다. 그렇게 구현진의 5선발 경쟁이 막을 내렸다.

집으로 돌아온 구현진은 혼조와 함께 조촐한 파티를 열었다. 토미 톰슨을 다시 마이너리그에 내려보낸 것과 5선발 자리를 완전히 굳힌 것에 대한 파티였다.

"축하해, 현진아."

"고마워. 다 너 덕분이야."

"내 덕은 무슨…… 너의 노력이지."

"맞아! 나의 노력이야."

"제발 좀 겸손을 가지면 안 되겠니?"

"겸손? 그런 말도 있었나?"

"뭐라고?"

"하하하!"

두 사람은 그렇게 웃으며 기쁜 날을 보냈다. 그리고 구현진이 먼저 샤워실로 들어가고 혼조는 홀로 소파에 앉아 인터넷 검색을 했다.

"어?"

그러던 중 혼조가 어느 기사를 보고 눈을 크게 떴다.

[에인절스, 베테랑 포수 토니 와그너 영입]

한창 기뻐하던 혼조의 얼굴에 짙은 어둠이 내비쳤다.

6.

MLB닷컴 메인 화면을 통해 트레이드 소식이 전해졌다. 바로 에인절스에서 포수를 영입한다는 내용이었다.

[에인절스, 베테랑 포수 토니 와그너 영입]

혼조는 혹시나 자신이 잘못 본 것은 아닌지 몇 번을 확인했다. 그때 샤워를 마친 구현진이 옆자리에 앉았다.

"뭐 보고 있어?"

구현진이 기사를 보고 눈을 크게 떴다.

"이게 뭐야!"

[에인절스가 포수를 보강했다]

구현진은 놀란 눈으로 기사를 읽어 내려갔다.

"에인절스는 로열즈로부터 현금 트레이드를 통해 토니 와그너 영입을 공식적으로 밝혔다. 와그너는 2010년 메이저리그에 데뷔, 5개 구단에서 통산 224경기에 출전해 타율 0.200 출루율 0.248 장타율 0.362의 성적을 남겼다. 그는 주로 백업 포수 역할을 맡아왔다. 혼조……, 이게 무슨 말이야?"

구현진의 물음에도 혼조는 입을 열지 않았다. 그저 담담히 기사를 바라보고 있었다.

"아니, 이게 어떻게……."

구현진은 나머지 기사도 읽어 내려갔다.

"이번 시즌 줄곧 마이너리그에 있던 와그너는 로열즈 트리플 A 팀에서 86경기에 출전해 타율 0.276 출루율 0.359 장타율 0.472 13홈런 37타점을 기록하고 있었다. 에인절스는 주전 포수 에릭 말도나도의 부상으로 생긴 공백을 토니 와그너가 채워줄 수 있을 것으로 전망했다. 현재 에인절스의 포수로는 후안 그라테롤과 혼조 토모이츠가 있으며 두 사람 중 한 명은 마이너리그로 내려갈 것으로 예상한다."

구현진은 기사를 다 읽고 혼조를 바라보았다.

"갑자기 왜? 이거 진짜야?"

"네가 보는 그대로야."

"이건 말이 안 되지. 너 이렇게 잘하고 있는데 다른 포수를 영입하다니……."

구현진은 눈치를 살피며 혼조에게 시선을 보냈다. 혼조는 심각한 얼굴로 앉아 있을 뿐이었다.

"호, 혼조……."

구현진이 혼조를 불렀다. 혼조는 애써 담담하게 말했다.

"너도 알잖아, 말도나도의 상태가 많이 안 좋아. 어차피 수술하게 되면 이번 시즌 아웃이잖아."

"야, 시즌 아웃이 된 건 어쩔 수 없다고 쳐! 하지만 지금 넌 잘하고 있잖아. 어느 정도는 너에게 기회는 줘야 할 것 아니야."

"나도 이제 막 올라온 루키잖아……. 쉽게 맡기기는 힘들겠지."

혼조는 말을 하면서도 좀처럼 표정이 풀리지 않았다.

"가만, 후안 그 녀석은? 만약 토니 와그너가 1군에 올라오면 어떻게 되는 거야? 그 녀석이 내려가는 거야?"

"그건 나도 몰라. 후안이 갈지, 내가 내려갈지……."

혼조는 생각만 해도 한숨이 절로 나왔다.

솔직히 혼조 본인은 메이저리그에 살아남을 줄 알았다. 주전 포수가 부상을 당하면서 드디어 자신에게도 확실한 주전의 기회가 왔다고 여겼다.

그전까지는 대부분 구현진의 전담 포수로 경기에 나섰다. 간혹 대타로 나서기는 했지만, 성적은 미비했다. 다른 투수들과의 호흡을 맞출 기회조차도 없었다.

혼조는 구현진의 전담 포수로 남아 있는 것만으로도 다행이라 생각했다. 일단 메이저리그에 남아 있다면 반드시 자신에게 기회가 주어질 것이라 확신했기 때문이다.

"기회는 와, 반드시!"

혼조는 이 말을 계속 곱씹었다.

그러나 짧은 기회 속에서 혼조는 열심히 노력했다.

하지만 메이저리그의 벽은 높았다. 혼조에 대한 구단의 생각은 수비는 수준급이나 타격이 조금 부족하다는 정도.

혼조 역시 자신의 약점을 알고 지난 겨울, 타격에 집중해서 훈련했다. 그 덕분에 시즌 초반 어느 정도 타격이 올라왔다. 하지만 각 구단의 분석에 의해 혼조의 약점이 드러났다.

투수들은 그런 혼조의 약점을 집요하게 파고들었다. 결국, 혼조는 타격 슬럼프에 빠져들었다. 그리고 6월까지 타율 0.225 출루율 0.258 장타율 0.473 5홈런에 15타점이 전부였다.

물론 구현진 전담으로 나온 거치고는 나름 선방했다고 볼 수 있었다. 그러나 감독이나 코칭스태프의 눈에는 만족스럽지 못한 결과였다.

특히 피터 레이놀 단장에게는 더욱 그러했다. 확실한 믿음을 주지 못했기에 다른 팀에서 포수를 영입할 수밖에 없었다.

"괜찮아, 어차피 어느 정도는 각오하고 있었어."

혼조는 모든 상황을 수긍했다.

하지만 구현진은 그렇지 않았다.

"뭔 소리야! 네가 왜? 나랑 잘해왔잖아!"

"따지고 보면 너하고만 했지. 다른 투수들하고는 제대로 호흡을 맞추지 못했잖아. 난 괜찮다니까."

혼조가 애써 미소를 지어 보였지만 그 모습이 구현진의 마음을 더욱 아프게 했다.

"있어 봐! 내가……."

구현진이 스마트 폰을 꺼냈다.

그러자 혼조가 구현진의 손을 잡았다.

"뭐 하려고?"

"뭐라도 해봐야지!"

"됐어, 너무 무리하지 마."

"무리 아냐!"

구현진이 혼조의 손을 치운 후 곧바로 박동희의 번호를 찾은 후 눌렀다. 신호가 가고 얼마 가지 않아 박동희가 전화를 받았다.

"어, 형……."

-이 시간에 어쩐 일이야?

"부탁할 것이 있어서요."

-뭔데? 말해봐.

"혹시, 기사 봤어요? 포수 영입에 관한 기사요."

-그래, 봤다. 아무래도 주전 포수가 시즌 아웃 되었으니까. 혹시, 혼조 때문에 그러니?

"네, 형이 좀 알아봐 줄 수 있어요?"

-알았다. 알아봐 줄게.

"고마워요."

구현진은 전화를 끊고 혼조를 보았다.

"에인전트 형이 알아봐 준다고 하니까. 기다려 보자."

"굳이 그렇게 하지 않아도 되는데……."

"아니야. 내가 하고 싶어서 그래! 나에게도 중요한 일이니까."

"알았어. 그럼 난 샤워 좀 하고 나와야겠다."

혼조가 자리에서 일어났다.

"그, 그래. 하고 나와."

혼조는 곧장 샤워실로 들어갔다. 그리고 차가운 물을 온몸으로 받으며 한동안 꿈쩍도 하지 않았다.

그다음 날 박동희로부터 전화가 걸려왔다. 구현진은 재빨리 전화를 받았다.

"네, 형 말씀하세요."

-일단 내가 알아봤는데. 좋은 소식과 나쁜 소식이 있어. 뭐부터 들을래?

"좋은 소식부터요."

-좋은 소식은 일단 혼조는 내려가지 않아. 아마 후안이 내려갈 거야.

"그래요? 잘됐다."

구현진은 이 같은 소식을 곧바로 혼조에게 전하고 싶었다. 그러나 나쁜 소식이 못내 마음에 걸렸다.

"그럼 나쁜 소식은 뭔데요?"

-네가 당분간은 토니 와그너랑 호흡을 맞춰야 할 것 같다.

"토니 와그너랑요? 왜요?"

-그게 구단의 결정이야. 일단 토니 와그너는 주전 포수감으로 영입한 모양이야. 백업을 목적으로 데려온 것이 아니야. 아무리 혼조랑 호흡이 좋아도 우선은 주전 포수랑 호흡을 맞춰봐야지. 어차피 내년 시즌까지 계약한 상태이고, 구단에서도 주전 포수랑 호흡을 맞추는 것을 좋아하지 않겠어? 네가 너무 포수를 가리는 것보다는 말이야. 뭐, 혼조랑 호흡을 맞춘 것도 말도나도랑 너무 좋지 않았기 때문인 거고.

“그건 맞지만……. 그래도 나는 혼조랑 하고 싶은데요.”

구현진의 말에 박동희가 진지하게 말을 했다.

-현진아! 메이저리그는 밀림이야. 네가 지금 그런 식으로 의리를 지키고 싶어 하는 건 알겠지만, 그럴 입장이 아니잖아. 너 5월에 헤맸던 일 벌써 잊었어? 조금만 삐끗해도 온갖 말이 다 나오잖아. 다행히 궤도에 오르긴 했지만, 더 끌어 올려야 해. 네 앞가림조차 제대로 못 하는 판에 누굴 챙기려는 거야.

“그건 그렇지만…….”

-잘 생각해 봐. 5월에 무너진 것 때문에 6월에 페이스를 바짝 올렸음에도 아쉬울 수밖에 없었어. 이 정도 성적으로는 내년에 선발진에 남을 수 있을지 장담할 수 없는 거, 너도 알고 있잖아. 물론 신인 중에선 가장 좋은 성적이지만, 우리 목표가 이 정도였어? 5선발로 간신히 버티는 게 목표였냐고. 에인절스의 에이스가 되겠단 생각은 어디로 간 거야?

“…….”

구현진은 박동희의 말에 아무런 대꾸도 하지 못했다. 너무나도 맞는 말이었다.

-현재로서는 구단의 결정에 따르는 것이 좋겠어.

“알았어요. 그렇게 할게요.”

-그래, 알았다. 그리고 형은 다음 주 중으로 넘어갈게.

“괜찮아요. 천천히 일 마무리 짓고 넘어오세요.”

-그래!

구현진은 전화를 끊었다.

“하아…….”

구현진은 손에 쥔 스마트폰을 보며 한숨부터 나왔다. 자신이 처한 현실을 박동희에게 듣자 생각이 많아졌다. 그리고 혼조에게 뭐라고 말해야 할지 답답했다.

“혼조에게 뭐라고 말하지?”

그때였다.

갑자기 불펜이 소란스러웠다.

“어? 누가 왔나?”

구현진은 자리에서 일어나 불펜 입구 쪽으로 시선을 주었다. 그곳으로 어제 영입한 포수, 토니 와그너가 모습을 드러냈다. 토니 와그너는 환한 표정으로 선수들에게 인사를 하고 있었다.

“어이, 안녕! 반가워. 토니 와그너라고 해.”

토니 와그너는 일일이 선수들과 악수를 하며 말을 걸었다. 엄청난 친화력이었다.

“하긴 나이가 있으니까.”

구현진이 중얼거리고 있을 때 구현진 앞으로 토니 와그너가 다가왔다.

“안녕, 토니 와그너라고 해.”

토니 와그너는 호탕하게 웃으며 인사했다. 구현진은 토니 와그너를 사진으로 먼저 만났다.

사진에서 본 토니 와그너는 수염이 덥수룩하고 얼굴도 큰 것이 마치 마피아 갱단의 두목처럼 생겼었다. 섣불리 가까이 다가갈 수 없는 존재라 판단했다.

하지만 막상 만나보니 달랐다. 얼굴은 다소 험악했지만 웃는 얼굴이 꽤 귀엽다고 생각했다. 무엇보다 씨익 웃는 치아 사이로 금니가 햇빛을 받아 반짝이고 있었다.

"아, 안녕……."

불펜에서는 투수들이 한창 훈련 중이었다.

그곳에서도 유난히 소란스러운 곳이 있었다. 바로 구현진이 투구하고 있는 불펜이었다.

퍼엉!

"좋았어!"

펑!

"나이스! 바로 이거야!"

퍼엉!

"공 좋아! 그렇게 던지면 돼!"

불펜을 가득 울리는 목소리의 주인공은 바로 토니 와그너였다. 토니 와그너는 구현진의 공을 받으며 한껏 목청을 높였다.

퍼어엉!

"패스트볼 굿!"

구현진 역시 목청이 큰 토니 와그너의 칭찬에 기분이 좋았다. 절로 입가에 미소가 스르륵 번졌다.

마이크 오노 감독이 옆에서 지켜보더니 가볍게 고개를 끄덕였다.

"생각보다 구하고 잘 맞는 것 같은데. 자넨 어떤가?"

옆에 있던 투수코치에게 물었다. 투수코치 역시 괜찮은 것 같았다.

"좋아 보입니다. 좀 껄끄러워할 줄 알았는데…… 이대로 내일 경기에 나가도 괜찮겠어요."

"알았어. 이대로 공 몇 개만 더 던지게 하고 휴식을 취하게 하게."

"네."

마이크 오노 감독이 고개를 끄덕인 후 불펜을 나섰다.

한편 다른 곳에서 구현진의 모습을 지켜보는 혼조가 있었다. 혼조는 팔짱을 낀 채 잔뜩 심통이 난 얼굴로 중얼거렸다.

"뭐야? 저 녀석! 뭐가 그렇게 좋아서 실실 웃어?"

하지만 혼조는 이내 얼굴을 풀고 미소를 지었다.

"그래도 컨디션은 좋아 보이네."

솔직히 예전의 혼조였다면 오히려 더욱 부정적으로 생각했을지도 몰랐다. 그러나 지금의 혼조는 메이저리그에 있으면서 많이 성숙해져 있었다.

"훗, 그래 네가 기분이 좋다면 그걸로 된 거지. 내가 구단에 확실한 믿음을 주지 못한 것도 있고, 현진이를 탓할 처지도 아니고 말이지. 내가 잘해야지, 그리고 더욱 열심히 해야지. 남자가 이런 걸로 삐지지 말자. 내가 잘해서 다시 현진이를 찾아오면 돼. 꼭 찾아오고 말겠어."

혼조는 스스로에게 다짐을 하며 몸을 돌렸다.

오늘 구현진이 선발로 나서는 경기는 레드삭스 원정경기였다. 이에 맞서 레드삭스는 에두아르도 로드를 선발로 내세웠다.

에두아르도 로드는 삼진과 땅볼, 플라이 아웃으로 삼자범퇴를 만들며 1회 초를 깔끔하게 막았다.

1회 말 구현진이 마운드에 올랐다. 이미 예정했던 대로 포수는 토니 와그너였다. 구현진은 강팀을 상대로 긴장할 만도 하지만 애써 담담하게 투구 연습을 하였다.

그리고 1번 타자 라자이 데이를 상대했다. 초구 바깥쪽 포심 패스트볼을 시작으로 토니 와그너는 안정감 있게 리드하며 2루수 땅볼로 첫 타자를 잡아냈다.

구현진은 이어서 2번 에두아르도 누즈를 풀 카운트 접전 끝에, 떨어지는 체인지업으로 삼진, 3번 앤드류 베닌트를 중견수 플라이 아웃으로 잡아내며 첫 이닝을 삼자범퇴로 막아냈다.

2회 초 에인절스의 공격은 역시 별다르지 않았다. 에두아르도 로드에게 농락당하며 삼자범퇴 이닝이 되었다.

2회 말 구현진 역시 4번 타자 무키 배트에게 중견수 앞으로 떨어지는 안타를 맞았지만, 5번 잰더 보거트를 유격수 앞 땅볼로 유도, 더블플레이를 만들었다. 그리고 6번 라파엘 니버를 볼넷으로 출루시킨 후 7번 헨리 라미레어즈를 삼진으로 낚아내며 무사히 2회 말을 막아냈다.

양 팀 득점 없이 0 대 0이었다.

구현진은 더그아웃으로 들어와 땀을 닦았다. 그리고 토니 와그너를 바라보았다. 호흡을 맞춘 2이닝 동안 그가 혼조와는 전혀 다른 리드 스타일을 가졌음을 알 수 있었다.

토니 와그너의 리드는 전형적인 포수 스타일이었다. 혼조처럼 상대 팀 타자에 맞게 그때, 그때 변화를 주는 것이 아니었다. 한마디로 유인구를 많이 요구하는 유형의 포수였다.

또한, 투 스트라이크를 던진 후에는 꼭 변화구 사인을 보내왔다. 유인구로 보여주는 공 하나 던져야 하고, 몸쪽으로 하나 던졌으면 그다음 공은 바깥쪽으로 요구했다.

강한 타자를 상대할 때는 가능한 몸쪽 승부를 피했다. 큰 거 한 방을 맞으면 안 된다는 생각을 가진 모양이었다. 높은

쪽 코스보다는 대부분 낮은 쪽 코스를 원하는, 그야말로 정석에 가까운 스타일이었다.

하지만 구현진은 혼조와 같이 타자에 따라 리드도 바뀌는 그런 유형의 포수를 좋아했다. 때론 힘으로 밀어붙이고, 어떤 때는 유인구나 낮은 코스로 땅볼을 유도하는, 상황에 맞게 리드하는 그런 포수 말이다.

그러나 대부분의 투수는 토니 와그너처럼 기본적인 룰로 리드하는 포수를 좋아했다. 그런 면에서 보면 토니 와그너의 블러킹 기술은 정말 메이저리그 탑 클래스였다.

낮게 던지면 당연히 원 바운드가 되는 공이 많이 들어왔고, 토니 와그너는 공을 앞에 떨어뜨리는 능력만큼은 정말 혀를 내두를 정도로 뛰어났다.

모든 원 바운드 공을 앞에 떨어뜨렸다. 공이 뒤로 빠지는 일은 전혀 없었다. 낮게 주문하는 것도 그만큼 블러킹에 자신이 있기 때문에 가능한 리드라 여겨졌다.

"확실히 메이저리그 포수는 맞아. 그러나 나하고는……."

구현진이 고개를 갸웃했다. 아직 자신과 호흡이 잘 맞는다고는 얘기하고 싶지 않았다. 프레이밍은 평범한 수준이었다. 포구만 놓고 보자면 혼조보다 낫다고 말하긴 어려웠다.

하지만 토니 와그너에게는 혼조와 다른 장점이 있었다. 그는 입담으로 타자들의 멘탈을 흔드는 것을 잘했다.

3회 말.

레드삭스의 8번 크리스 포마가 타석에 들어섰다. 토니 와그너는 그를 힐끔 보고는 히죽 웃었다.

"어이, 잘 지냈어?"

토니 와그너가 크리스 포마에게 말을 걸었다. 크리스 포마 역시 토니 와그너를 발견하고 눈을 크게 떴다.

"말 걸지 마."

"뭐야, 서운하게 왜 그래? 인사 정도는 할 수 있잖아?"

"흥, 괜한 수작 부리지 마. 네놈이 무슨 말을 하든 난 상관 안 해."

"아아, 좋은 자세지만 오해하지 마. 난 정말 단순히 자네가 반가워서 그랬을 뿐이라고."

토니 와그너가 손을 내려 사인을 보냈다. 그사이 입은 계속해서 움직였다.

"참, 그러고 보니 지난번에 만났던 백인 여자는 어때? 잘 지내고 있어?"

"무슨 헛소리야?"

"내가 지난번에 봤는데……."

"보긴 뭘 봤다고 그래! 어디서 뭘 보고 그런 소리를 하는 거야!"

크리스 포마가 격앙된 목소리로 말했다. 그런데 갑자기 공이 몸쪽으로 날아 들어왔다.

퍼엉!

"스트라이크!"

주심의 콜이 들려오고, 크리스 포마는 어이없는 표정을 지었다.

"아나, 어이없네. 완전 치사한 녀석이야. 말 시켜놓고 공을 던지게 하는 게 어디 있어?"

"누가 내 말에 집중하래? 경기에 집중해야지. 나 원래 잘 떠벌리잖아. 알면서 그래! 자, 다음은 몸쪽이야."

"닥쳐! 네 말 안 들어!"

"어? 진짜인데……."

펑!

"스트라이크 투!"

토니 와그너가 말했던 대로 공은 몸쪽으로 날아 들어왔다.

"거봐! 내가 말했잖아. 몸쪽이라고."

크리스 포마는 잔뜩 인상을 구겼다.

"닥쳐!"

"자, 이번에는……."

"닥치라고 했다!"

크리스 포마가 방망이를 움켜쥐었다. 그때 바깥쪽으로 공이 날아왔다. 크리스 포마가 방망이를 힘껏 돌렸지만, 툭 떨어지는 체인지업에 헛스윙 삼진을 당했다.

"제기랄!"

크리스 포마가 방망이를 내던지며 소리를 질렀다. 그러자 토니 와그너가 구현진에게 공을 던져주며 깐족거렸다.

"바깥쪽 체인지업이라고 말하려고 했는데…… 아쉽다."

토니 와그너의 말에 크리스 포마의 얼굴은 더욱 일그러졌다. 그리고 주심에게 항의했다.

"이런 건 조용히 시켜야 하지 않나요?"

"경기 진행에 방해가 되지 않는 이상 괜찮네."

"크으……."

크리스 포마는 떨어진 방망이를 주워 더그아웃으로 향했다. 그사이 토니 와그너는 히죽 웃으며 구현진에게 소리쳤다.

"나이스!"

토니 와그너는 이런 경기를 좋아했다.

그는 자기 스스로 경기를 조정하고 지배하고자 하는 그런 유형이었다. 왜냐하면 토니 와그너가 요구했던 대로 경기가 흘러가면, 이겼을 때 그 짜릿함은 배가 되기 때문이었다.

하지만 상대 팀에게 한번 읽히면 무너지는 스타일이기도 했다.

구현진 역시 예외일 수는 없었다. 4회 말까지 잘 막고 있던 구현진에게 5회 말 갑자기 위기가 찾아왔다.

구현진은 마운드의 흙을 고른 후 첫 타자 2번 타자 에두아르도 누즈를 상대했다. 토니 와그너는 곧바로 바깥쪽 포심 패스트볼을 요구했다.

구현진이 가볍게 고개를 끄덕인 후 포수 미트를 향해 힘껏 공을 던졌다. 그에 맞춰 2번 타자 에두아르도 누즈의 방망이 역시 돌아갔다.

딱!

공은 2루수 키를 넘기는 안타가 되었다. 에두아르도 누즈는 초구 안타를 만든 후 1루에 멈추었다. 그리고 팀 더그아웃을 향해 파이팅 포즈를 취했다.

구현진은 오늘 처음으로 선두타자를 출루시켰다. 토니 와그너는 박수를 치며 독려했다.

"괜찮아, 괜찮아! 나머지 잡으면 돼!"

구현진 역시 나머지를 깔끔하게 잡아낼 생각이었다. 그런데 토니 와그너는 여전히 낮은 코스의 유인구를 요구했다. 더블플레이를 노리고 있었다.

하지만 상대 팀 역시 와그너의 노림수를 알고 있었다. 유인구에는 절대 속지 않았다. 결국, 스트라이크를 잡으러 들어간 공을 때려 안타를 만들었다.

"젠장!"

무사 1, 2루 위기에 봉착했다. 다행히 4번 타자 무키 배트를

2루수 뜬 공으로 잡아내 첫 아웃카운트를 만들어냈다.

하지만 1스트라이크 2볼인 상황에서 5번 잰더 보거트가 몸쪽으로 휘어지는 슬라이더를 힘으로 밀어쳐 안타를 만들었다.

다행히 2루 주자가 3루에 멈추는 바람에 득점을 허용하진 않았지만, 1사 만루의 더 큰 위기가 찾아왔다.

두 팀 다 점수를 내지 못하고 0 대 0인 상황이었다. 구현진은 계속된 위기 상황에 이대로는 안 되겠다고 생각했다.

'가장 좋은 방법은 병살이지만 타자들이 유인구에 절대로 방망이를 돌리지 않고 있어. 그렇다면 삼진으로 돌려세우는 수밖에 없어.'

구현진은 결심하며, 투구판을 밟았다.

하지만 토니 와그너는 여전히 유인구로 땅볼을 유도하는 리드를 선보이고 있었다. 구현진이 처음으로 고개를 가로저었다.

'아니에요. 삼진으로 가죠.'

토니 와그너가 움찔했다.

하지만 다른 사인마저 땅볼을 유도하는 유인구였다. 그 역시 구현진은 고개를 가로저었다. 구현진은 자신이 원하지 않은 공에는 철저하게 고개를 흔들기 시작했다.

-1사 만루 위기 상황에서 배터리 간에 사인이 길어지고 있습

니다.

-지금의 상황에서는 땅볼로 병살을 노리는 것이 가장 현명한 방법입니다. 하지만 타자들이 유인구에 잘 속지 않고 있어요.

-한 마디로 포수의 리드가 상대 팀에게 들켰다고 봐야겠죠?

-그렇습니다. 볼 배합을 바꿀 필요가 있어요. 지금 상황에서는 병살타도 좋지만, 닥터 K의 면모를 발휘해야 합니다.

-참, 그러고 보니 오늘은 전혀 닥터 K의 위력을 보여주지 못하고 있어요. 4회 말까지 삼진 3개가 전부입니다.

-그러니 이제 삼진이 나올 차례라는 것입니다.

-아, 사인이 길어지니 타자 쪽에서 먼저 타임을 요청하는군요.

"자, 자! 빨리하자!"

주심이 포수를 다그쳤다.

토니 와그너는 갑자기 고개를 흔드는 구현진이 이상했다.

'갑자기 왜 저래? 지금까지 내 말 잘 들어왔잖아.'

그러나 구현진은 이상하게 삼진을 잡고 싶었다. 힘으로 상대 팀 타자를 눌러 버리고 싶었다. 구현진이 다시 사인을 받기 위해 투구판에 발을 올렸다.

그사이 레드삭스의 6번 라파엘 니버가 타석에서 방망이를 천천히 돌렸다.

'유인구는 철저히 버린다.'

토니 와그너가 다시 유인구 사인을 보냈다. 구현진이 다시 고개를 가로저었다.

'왜 그래? 왜 자꾸 내 사인을 거부하는 거야? 도대체 뭘 원하는 거야?'

몇 번 더 사인을 보내도 거절하자 이번에는 토니 와그너가 타임을 불렀다. 그리고 구현진이 있는 마운드를 향해 뛰어갔다.

7.

"왜 그래?"

토니 와그너가 마운드에 올라오자마자 말했다. 그러자 구현진이 글러브로 입을 가리며 말했다.

"유인구는 아닌 것 같아요."

"아니야! 네 공은 좋아! 충분히 병살로 잡을 수 있어. 날 믿고 던져!"

토니 와그너는 구현진을 설득하려 힘을 주고 말했다.

하지만 구현진의 생각을 달랐다.

"저 녀석은 포심에 약한데……."

그러자 토니 와그너가 곧바로 구현진의 말을 막았다.

"아니야! 그런 고정관념을 버려. 아무리 그래도 포심 패스트볼에 약한 타자가 어디 있어. 그런 녀석이 어떻게 메이저리그에 있을 수 있냔 말이야. 그건 말도 되지 않는 소리야. 구는 너무 전략분석에 치중하는 것 같아. 때로는 감과 현장에서의 느낌이 중요할 수도 있어. 난 그런 느낌을 보고 너에게 전달하는 거야. 내 말을 못 믿는 거야?"

"하지만 여태까지 그렇게 던져왔는데요."

"구! 설마 너, 마이너리그에서 올라온 저 포수가 나보다 더 경험이 많다고 생각하는 거야? 난 말이야 저 녀석이 마이너리그에 있을 때도 메이저리그에서 엄청난 투수들의 공을 받아왔어. 그럼 둘 중에 누구의 말을 들어야겠어?"

토니 와그너가 눈을 크게 뜨며 물었다. 그러자 구현진이 고개를 푹 숙였다.

"미안해요. 알았어요."

"그래, 날 믿고 던져!"

토니 와그너가 미트로 구현진의 가슴을 가볍게 툭 친 후 빠르게 포수 자리로 돌아갔다.

구현진은 토니 와그너의 자신 있는 말투에 저도 모르게 설득이 되어버렸다.

'좋아! 여기로 던져!'

토니 와그너가 자신 있게 사인을 보냈다. 구현진은 가볍게 고개를 끄덕인 후 자세를 잡았다. 글러브 안에서 체인지업 그립을 강하게 움켜쥐었다.

그리고 포수 미트를 바라보며 힘껏 던졌다. 구현진의 공이 날아가다가 홈 플레이트 앞에서 뚝 떨어졌다. 그 타이밍에 맞춰서 레드삭스의 6번 타자 라파엘 니버의 방망이가 돌아갔다.

딱!

공이 구현진에게 날아갔다.

구현진은 투구를 마친 상태라 몸을 제대로 움직일 수 없었다. 하지만 반사적으로 글러브를 낀 손을 움직였다.

공과 몸이 역으로 움직이는 상태에서 간신히 글러브를 가져갔지만, 공은 글러브에 맞고 굴절이 되었다.

"아……."

구현진이 낮은 탄성을 흘렸다. 그리고 재빨리 자세를 바로 잡고 고개를 돌렸다. 다행히 굴절된 공이 2루수 케일렙 코발트 쪽으로 향했다.

케일렙 코발트가 재빨리 공을 낚아채 유격수 안드레이 시몬스에게 토스, 다시 1루에 던져 아웃을 만들었다. 4-6-3으로 이어지는 더블플레이가 만들어진 것이었다.

"좋았어!"

구현진은 박수를 치며 내야수들에게 고마움을 표시했다.

하지만 만약 구현진이 그 공을 건드리지 않았다면 중견수 방향으로 떨어지는 안타가 되었을 것이다.

더그아웃으로 향하는 구현진을 향해 토니 와그너가 박수를 쳤다.

"그렇지! 바로 그거야! 잘했어!"

토니 와그너의 행동에 구현진이 고개를 갸웃하며 물었다.

"잘한 거라고요? 이게요?"

구현진의 말에 토니 와그너가 당연하다는 듯이 말했다.

"당연하지! 난 공이 그곳으로 갈 줄 알았어. 네가 건드려 줄 걸 알았다고!"

"정말이에요?"

"날 뭐로 보는 거야. 나 메이저리그 베테랑 포수야. 경력이 얼만데."

"아…… 알겠어요. 아무튼, 잘되었네요."

"그렇지!"

토니 와그너가 손을 들었다. 구현진이 피식 웃으며 토니 와그너와 하이 파이브를 나눴다.

"걱정하지 마! 이렇게만 던지라고!"

"네, 알겠어요."

구현진이 대답을 하고 벤치로 가서 앉았다. 토니 와그너는 그제야 가슴을 쓸어내리며 중얼거렸다.

"씨팔, 큰일 날 뻔했네."

그러곤 고개를 들어 동료들이 다 듣게 소리쳤다.

"그런데 저것들이 약을 처먹었나. 왜 갑자기 잘 치는 거야? 짜증 나게!"

토니 와그너의 큰 목소리에 동료들이 시선이 모두 그에게 집중되었다. 그러다가 이내 아무렇지 않게 운동장에 시선을 두었다.

"쩝, 볼 배합을 바꿔야 하나? 아니지, 아니야. 그냥 가던 대로 가자. 5선발인데 맞으면 좀 어때? 원래 투수는 맞으면서 크는 거야."

토니 와그너가 대수롭지 않은 듯 말하고는 벤치에 등을 기댔다. 그사이 에인절스의 타자들이 안타와 볼넷을 얻어 출루한 후 1득점을 올리게 되었다.

그러나 안타깝게도 후속 타자가 삼진으로 물러나면서 더 이상의 득점은 없었다. 하지만 0의 균형을 깨는 득점은 구현진에게는 귀중한 한 점이었다.

구현진은 팀의 득점에 힘입어 6회 말까지 막고 이날 투구를 마무리했다. 그사이 에인절스의 타자들이 4점을 더 뽑아줘 5 대 1로 여유롭게 승리할 수 있었다.

토니 와그너와의 첫 호흡을 승리로 장식했기 때문에 모두 구단에서도 고개를 끄덕이는 분위기였다.

구현진도 첫 호흡치고는 나름 괜찮았다.

하지만 구현진의 승리는 이것이 끝이었다.

그다음 선발 때도 구현진은 토니 와그너와 호흡을 맞췄다. 1회부터 3회까지는 나름 잘 막았다. 물론 볼넷과 안타를 맞았지만, 구현진의 위기관리 능력을 통해 무실점으로 막아냈다.

그런데 4회 초에 갑자기 위기 찾아왔다. 상대 팀 타자들이 웬만해서는 유인구에 방망이를 휘두르지 않았다. 결국, 불리한 볼 카운트에 몰린 구현진은 스트라이크를 잡으려 했고, 스트라이크존으로 향하는 공에 타자들이 방망이를 휘둘렀다.

결국, 연속 안타를 맞고 1실점을 하고, 무사 2, 3루에 상황이 만들어졌다.

"하아, 젠장! 또 시작이네."

저번에도 잘 막다가 어느 순간부터 연속으로 안타를 맞기 시작했다. 그런데 이번에도 연속 안타로 타자들을 출루시켰다. 갑자기 방망이에 맞아 나가는 것이 이상했다.

'어쨌든 이미 벌어진 일이야. 후속 타자를 깔끔하게 처리하면 돼!'

구현진이 다짐을 하고 마운드에 섰다. 그런데 토니 와그너는 또다시 땅볼을 유도하려고 했다.

'자자! 낮게, 낮게 던져!'

하지만 구현진은 힘으로 누르고 싶었다. 여기에서 또다시 의견 차이를 보이고 있었다.

"하아……."

구현진은 절로 한숨이 나왔다. 여기서 거절을 하면 또다시 올라와 자신을 설득하려고 할 것이 분명했다.

토니 와그너는 워낙에 자기주장이 강했고, 투수가 자기 뜻대로 움직여야 직성이 풀리는 사람이었다. 그래서 생각도 쉽게 읽히는 그런 사람이었다.

"미치겠네, 어떡하지?"

구현진이 고민하는 사이 상대 팀 감독은 팔짱을 낀 채 여유로운 얼굴로 경기를 지켜보고 있었다.

그때 수석코치가 다가와 말했다.

"역시 분석했던 대로의 패턴이네요."

"그래! 저번 경기 때도 그랬고, 오늘 경기도 그래! 저 포수, 철저히 유인구로만 승부를 펼쳐."

"네, 그렇습니다. 딱 봐도 구의 구위를 제대로 살리지 못하고 있어요."

"후후, 그게 저 녀석의 한계야. 저런 옛날 방식을 고집하는 포수를 왜 영입했을까? 아무튼, 타자들에게 철저히 주지시켜.

"네!"

"이제 낮게 바깥쪽 공만 들어올 거야. 절대 스트라이크 승부는 하지 않아. 일단 구는 제구가 좋은 투수니까 웬만해서는 포수의 리드에 따를 거야. 절대 방망이 나가지 말라고 해. 안

건드려도 저쪽 배터리를 무너뜨릴 수 있어."

"네, 감독님. 다시 한번 말해놓겠습니다."

"그래."

상대 팀 감독은 고개를 끄덕였다.

그사이 구현진은 유인구 승부를 펼치다가 끝내 볼넷을 내주며 주자 만루를 만들었다.

그때까지 토니 와그너는 박수를 치며 격려했다.

"괜찮아. 병살로 잡을 수 있어."

하지만 구현진은 불안했다. 토니 와그너의 자신만만한 리드를 믿지 못했다. 그러다가 결국 다음 타자가 구현진의 공을 잡아당겼고 타구가 1루수를 아슬아슬하게 벗어나면서 안타를 맞아버렸다.

그사이 3루와 2루 주자가 들어오며 3 대 0이 되었다.

-만루를 채워서 병살을 노리고 있었던 모양인데……. 구가 실수했네요.

-오늘 구 선수, 왜 그럴까요?

-맞습니다. 전혀 이해되지 않는 투구를 하고 있어요.

-어쨌든, 에인절스 배터리의 만루책은 실패로 끝이 났습니다.

4회에 3실점을 한 구현진은 나머지 후속 타자를 병살과 우익수 플라이로 잡으며 이닝을 끝마쳤다.

구현진은 더그아웃으로 돌아와 모자를 던졌다. 그러고는 벤치에 앉으며 수건으로 땀을 훔쳤다.

"미치겠네!"

구현진은 답답했다. 투구하는 내내 즐겁지가 않았다. 가슴이 시원하지도 않았다. 그렇다고 어떻게 하지도 못해 답답했다.

"하아……."

한숨만 자꾸 흘러나왔다.

그사이 에인절스의 공격이 끝이 나고 구현진은 다시 마운드에 올랐다. 5회에 한 점을 더 보태며 4실점을 한 구현진은 6회까지 막고, 교체되었다. 토니 와그너와의 2번째 경기는 6이닝 4실점으로 패전 투수가 되었다.

그다음 선발 경기에서도 구현진은 안타를 얻어맞기 시작했다. 위기는 더 빨라져 이번에는 3회에 찾아왔다. 이날 구현진은 6이닝 3실점으로 패전 투수가 되었다. 그나마 위안으로 삼아야 할 것은 퀄리티스타트를 했다는 것이었다.

그리고 그다음 선발 경기에서 2회에 위기가 찾아왔다. 이날 역시 2회에 1실점, 4회 1실점, 5회에 다시 1실점을 하며 겨우 6회까지 막아냈다. 결국, 3실점을 하며 또다시 패배하였다.

6회까지도 꾸역꾸역 억지로 막아낸 것이었다. 물론 내야수들의 호수비도 한 몫 거들어주었다. 하지만 구현진의 패전을 막을 수는 없었다.

토니 와그너와의 첫 호흡 승리 이후로 구현진은 내리 3연패를 했다. 게다가 평균자책점도 4.29까지 치솟았다.

그나마 다행인 것은 2번째 경기 빼고 나머지는 6이닝 3실점을 하며 퀄리티스타트를 했다는 것이었다. 타자들의 도움만 있었다면 패하지는 않았을지도 몰랐다.

-구 선수, 오늘도 6이닝 3실점. 퀄리티스타트는 했지만, 구단이 이걸 원하고 있는 것은 아니죠.

-맞습니다. 좀 더 좋은 결과를 원했지만, 그러지 못했네요.

-어쨌든 전반기를 아쉽게 마감했습니다.

-처음 시작할 때만 해도 좋았습니다. 5월에는 주춤했지만 6월에 엄청 끌어올렸거든요. 그래서 올스타전에 초대받을 수도 있을 것이라 예상했습니다.

-저도 그리 생각했어요. 그런데 또다시 난조를 보이며 무너졌네요. 그나마 5월 경기보다는 좋았지만…….

-아니죠. 퀄리티스타트를 했다는 것은 나름 선방했다는 겁니다.

-그렇군요. 아무래도 팬들의 기대가 컸던 걸가요?

그 외 다른 전문가들도 구현진의 전반기 성적을 분석하였다. 스포츠 채널에서 여자 아나운서가 해설위원들과 이야기를 나누었다.

“자, 다음은 구현진 선수 차례입니다. 전반기 어떻게 보십니까?”

“저는 솔직히 구현진 선수에게 A를 주고 싶습니다.”

“A요? 너무 후하게 주는 거 아닙니까?”

다른 전문가가 고개를 갸웃하며 물었다.

“전혀 후하지 않습니다. 일단 결과로 보면 패도 많고, 평균자책점도 높습니다. 하지만 구현진 선수는 4월 한 달 정말 좋은 페이스였습니다. A+가 아깝지 않았죠. 하지만 5월에 주춤하고, 6월에 다시 제 컨디션을 찾았죠.”

해설위원이 화면을 가리키며 설명을 했다.

“이 그래프는 구현진 선수의 성적이 좋았던 날과 좋지 않았던 날을 표시해 둔 것입니다. 자, 성적이 떨어진 이 부분을 보시죠. 공교롭게도 포수가 바뀐 시점과 정확히 일치합니다. 에인절스는 그동안 포수를 너무 자주 바꾸었고, 이것이 구현진 선수의 성적 저하로 이어졌다 할 수 있습니다.”

“그건 맞습니다. 에인절스의 포수가 자주 바뀌었죠. 저도 하나의 데이터를 가져왔는데요. 화면을 보시면 혼조 토모이츠와 최근 로열즈에서 넘어온 토니 와그너와의 포수 호흡에 관한 데

이터입니다. 혼조와의 경기에서 구현진은 평균자책점 2점대 후반을 기록하고 있습니다. 하지만 최근 토니 와그너와의 4경기 데이터를 보시면 확 달라집니다. 4경기 24이닝 던지는 동안 14실점. 평균자책점 5.25를 기록하고 있어요. 이 기간 삼진도 현저히 줄어, 평균 5개를 기록하고 있습니다."

"그렇다는 것은 토니 와그너보다는 혼조 토모이츠와 호흡이 더 좋다는 말이군요."

"맞습니다. 무엇보다 혼조 토모이츠와 호흡을 맞췄을 때는 삼진 역시 엄청나게 늘어났습니다."

"잠시 한 가지 여쭙고 지나가죠. 투수와 포수와의 상성이 존재합니까?"

"아, 그럼요. 당연히 존재합니다. 물론 에이스나 레전드 투수들은 그런 걸 따지지 않아요. 하지만 루키인 구현진 선수는 혼조와 호흡을 맞추는 것이 좋다고 생각합니다."

"아, 그렇군요. 잘 알겠습니다. 아무튼, 구현진 선수 후반기에도 좋은 결과를 있기를 기대하겠습니다. 그럼 다음 소식으로 넘어가겠습니다."

이 방송을 본 팬들이 그 밑에 엄청난 댓글을 달았다.

ㄴ**봐봐! 구는 혼조가 나은 듯.**

ㄴ**야! 5선발이 무슨 포수를 따져! 까라면 까야 할 판에……**.

ㄴ그럼 혼조 보고 주전 마스크를 쓰라고? 혼조는 타격이 너무 별로야. 이런 애들은 널리고 널렸어.

ㄴ무슨 소리야. 요새 혼조 잘 치거든.

ㄴ솔직히 말해서 혼조의 타격을 논하기에는 지표가 너무 적어. 타석수가 너무 적단 말이야.

ㄴ그래도 혼조는 찬스에 조금 약한 편이야. 그리고 혼조는 투수 리드가 조금 딱딱해.

ㄴ맞아, 조금 거칠고, 투박하게 느껴져.

ㄴ나도 그렇게 느꼈는데.

ㄴ반면 토니 와그너는 너무 능글맞게 하고. 둘 다 장단점이 있어. 하지만 기록으로 봤을 때 구는 혼조랑 하는 게 맞는 거 같아.

ㄴ난 토니 와그너가 좋은데?

ㄴ나도! 솔직히 구가 살아남으려면 주전 포수랑 호흡을 맞춰야지. 백업 포수랑 맞춰봤자 무슨 의미가 있어? 구가 에이스가 되지 않는 이상 혼조를 전담 포수로 쓰는 것에는 한계가 있지 않을까?

ㄴ야! 니들이 감독이냐? 이것저것 늘어놓게! 아무리 너희들이 떠들어봐야 기용하고 안 하고는 감독 맘이야!

ㄴ와! 님 팩트 공격 작살!

그리고 곧바로 올스타전 선수 명단이 공개되었다. 아니나 다를까, 그곳에는 구현진의 이름이 없었다.

원래 올스타 투수들은 각 리그 올스타 감독이 발표했다. 이번 아메리칸 올스타 감독은 구현진을 선택하지 않았다.

"신인들이 너무 없습니다. 구를 뽑을 만도 한데요."

기자의 질문에 올스타 감독이 곧바로 말했다.

"구나, 좋은 젊은 투수들이 많지만 아무래도 객관적인 통계로 뽑을 수밖에 없었습니다. 구는 솔직히 고민을 좀 했는데…… 최종적으로는 안 뽑기로 결정했습니다. 어쨌든 구한테 미안하다고 하고 싶네요."

작년 올스타 아메리칸 리그 우승 팀은 컵스였다. 그래서 존 매든 감독이 아메리칸 감독을 맡았다. 그리고 구현진은 집에서 TV를 통해 올스타 리그전야제를 지켜보았다.

한창 홈런 더비 이벤트를 하고 있을 때 스마트폰이 울렸다.

"여보세요?"

-나다!

"아버지!"

-오냐. 니 내일 올스타전에 나오나?

"아뇨."

-에이, 문디 자슥! 단디 좀 하지!

"죄송해요. 그렇게 되었네요."

-뭐, 그건 그렇고! 요새 와 그라노? 더위 묵었나?

"더위는 무슨요."

-어디 아픈 기가?

"아뇨. 아픈 데 없어요."

-그래? 그런데 와 그라지?

"열심히 던지는데, 그게 잘 안 되네요."

구현진은 살짝 풀이 죽은 목소리로 대답했다. 그러자 수화기 너머 아버지에게서 위로의 말이 들려왔다.

-괘안타! 그럴 수도 있제. 담에 잘하믄 된다. 아, 그라고 있제! 근마 누고!

"누구요?"

-포수 말이다. 일본인 포수!

"아! 혼조요?"

-맞다! 혼조! 근마는 어데 갔노?

"혼조 어디 안 갔어요. 잘 지내고 있어요."

-그래? 그란데 왜 혼조랑 같이 안 하노?

"그거야, 감독님 오더가 내려와야죠. 그리고 구단 방침 때문에 당분간 혼조랑 못해요."

-맞나? 내가 보기에는 혼조랑 하는 게 괜찮던데…….

"아, 그래요?"

-오야, 알았다. 뭐, 그거 가지고 내가 왈가왈부할 건 아니제. 아무튼, 쉬라. 전화비 나온다!

"네, 아버지. 들어가세요."

-오야!

구현진이 아버지와 전화를 끊고 한동안 스마트폰을 바라보았다. 나름 진지하게 고민을 하기 시작했다.

"아버지한테도 듣고, 전문가들도 말하고……. 게다가 만호까지."

구현진은 아버지와 통화하기 전에 장만호의 전화를 받았다. 장만호도 혼조랑 배터리 호흡을 맞추는 것이 지금 상태에서는 좋을 것 같다는 의견을 내놓았다.

"진짜 혼조랑 맞춰야 하나?"

구현진은 정말 진지하게 고민하였다.

"하긴 혼조랑 하면 편안하기 하지. 그런데……."

구현진의 표정이 굳어졌다. 솔직히 이제 5선발에 메이저리그 1년 차인데 포수를 가릴 입장인지 의문이 들었다.

"하아……. 내가 잘하면 되는데, 내가 잘했다면……."

만약 성적만 잘 나왔다면 당당히 혼조와 함께하고 싶다고 말할 수 있었을 터다. 그러나 현재로선 그런 요구를 당당히 할 수 없었다.

무엇보다도 성적이 아쉬웠다. 실력으로 모든 것을 말하는 프로의 세계에서 그것은 결정적이었다.

자신이 없었고 그런 상태가 이어지니 자존감마저 떨어져 있었다.

"하아……."

구현진은 계속해서 한숨만 내쉬었다.

"야, 땅 꺼지겠다!"

혼조의 목소리에 구현진이 고개를 돌렸다.

"어? 언제 왔어?"

"방금!"

혼조가 구현진 옆자리로 와서 앉았다.

"왜 그렇게 한숨을 내쉬어?"

"아니, 뭐…… 그냥."

"딱 보니까, 올스타전에 뽑히지 못해서 아쉬워하는 것 같은데?"

"아니거든!"

"에이, 맞는 것 같은데?"

"아니라고!"

"알았어, 아니라고 해둘게!"

혼조가 위로하듯 구현진에게 장난을 쳤다.

"야, 진짜……."

구현진 역시 혼조가 자신을 위로한다는 것을 알았다. 두 사람은 한동안 말없이 올스타 전야제를 바라보았다. 그러다가 구현진이 먼저 입을 열었다.

"야, 올스타 브레이크 때 뭐 할래?"

"글쎄 일본에 다녀오기에는 시간이 좀 짧은 것 같고. 간단히 여행이나 갈까?"

"여행? 그럼 나도 같이 갈까?"

"너도?"

"나, 가면 안 돼?"

"아니, 안 되는 건 아니지만……. 그래 같이 가자."

혼조는 말을 하면서 약간 서먹서먹했다. 그도 그럴 것이 한동안 구현진과 호흡을 맞추지 못했다. 게다가 이번 달은 원정경기가 많아 호텔에서 생활했다.

오늘만 하더라도 며칠 만에 겨우 제대로 얘기를 나눈 것이었다. 그런 줄도 모르고 구현진은 여행 간다는 생각에 신난 얼굴이 되었다.

"그럼 가는 김에 호세도 부를까?"

구현진의 물음에 혼조가 고개를 갸웃했다.

"호세, 시간 될까?"

"되겠지? 내가 전화해 볼게."

구현진이 스마트폰을 꺼냈다. 그때 마치 호세에게서 전화가 왔다. 구현진은 혼조에게 보여주었다.

"야, 이거 봐라! 어떻게 알고 전화한다."

"후후……."

혼조가 피식 웃었다. 구현진은 곧바로 전화를 받았다.

"여보세요!"

-나다!

"넌 줄 알고 있거든! 왜?"

-너희, 올스타 브레이크 기간에 뭐 할 거야?

"우리?"

구현진을 말을 하면서 힐끔 혼조를 보았다. 혼조가 고개를 끄덕였다.

"여행 갈 건데."

-여행? 잘됐다! 안 그래도 나도 너희에게 여행 가자고 하려고 했는데.

"아무튼, 넌 정말 양반은 못 된다!"

-양반? 그게 뭔 말이야?

"그런 게 있어!"

-아무튼, 같이 가자!

"너 어딘데?"

-나? 너희 집 앞!

"뭐?"

-너희 집 앞이라고!

구현진이 혼조를 보며 말했다.

"이 녀석 우리 집 앞에 와 있다는데?"

"집 앞에?"

그때 초인종 소리가 들려왔다. 구현진과 혼조가 소파에서 일어났다.

"진짜야?"

구현진이 현관문을 열었다. 그러자 호세가 하얀 이빨을 드러내며 소리쳤다.

"서프라이즈!"

• 23장 •

경쟁(2)

I.

LA의 대표적인 해변인 말리부 해변에 세 남자가 모습을 드러냈다. 그들은 한여름에 푹푹 내리쬐는 강렬한 햇볕을 마주하고 짙은 선글라스를 낀 채 나란히 해변가를 걸었다.

이곳에는 특히 서핑족이 많았다. 다른 한 곳에는 비키니를 입은 여성들이 해변가에 쭉 늘어서 있었다. 그들은 오일을 바르고 독서를 하며 하루를 보내고 있었다.

구현진, 혼조, 호세는 해변가 근처 식당으로 발걸음을 옮겼다. 가게 밖 테이블에 앉은 세 사람은 음료를 주문하고 해변을 바라보았다.

모두 거만한 자세로 의자에 앉아 이야기를 나눴다.

"이야, 역시 덥다!"

"음료수 맛있지 않냐?"

"야야! 저기 봐봐. 이야, 여기는 완전히 파라다이스다."

세 명 다 다른 말을 하고 있었다. 그때 그들 앞으로 비키니 차림의 금발 여자 두 명이 지나갔다. 모두의 시선이 그녀들에게 향했다.

"와우! 죽이네!"

즉각 반응을 보인 사람은 호세였다. 호세는 손뼉까지 치며 좋아했다. 하지만 구현진과 혼조는 그저 얼굴을 붉히며 가만히 있었다.

호세가 어느 한 여자를 가리켰다.

"저기, 저 여자 어때? 죽이지 않냐?"

"엉덩이가 너무 큰데?"

혼조가 고개를 흔들었다. 그러자 호세가 반문했다.

"무슨 소리야? 저런 엉덩이가 최고라고!"

"야, 넌 여자를 엉덩이로 보냐?"

"무슨 소리! 밸런스를 봐야지. 몸의 비율을 말이야."

혼조와 호세가 여자를 보는 기준을 주제로 토론하고 있는 사이 구현진은 그저 미소만 짓고 있었다. 마치 '난 너희와 달라!'라고 말하는 것 같았다.

그렇게 있던 구현진의 몸이 움찔했다. 구현진의 반응을 본

두 사람도 일제히 움찔했다. 그리고 구현진이 바라보는 곳을 향해 일제히 고개를 돌렸다.

"헉!"

"와우!"

한낮의 햇빛을 머금은 황금빛 머리카락이 휘날렸다. 세 남자의 시선이 그 머리카락을 따라 한 여성에게 향했다. 그녀는 세 남자 앞을 지나가며 손으로 금발을 뒤로 넘겼다.

그녀가 지나가며 세 남자와 눈이 마주쳤다. 그러자 환하게 웃으며 윙크를 보내주었다.

구현진은 심장을 세게 얻어맞은 듯한 충격을 느꼈다.

"야, 봤냐? 봤어?"

호세가 호들갑을 떨며 소리쳤다. 그러자 혼조가 어이없는 표정을 지었다.

"보긴 뭘 봐?"

"나에게 윙크했잖아!"

"무슨 소리야? 나에게 했거든?"

"이야, 너 어이없다?"

그때 구현진이 불쑥 끼어들었다.

"너희에게 이런 말 안 하고 싶은데 착각들이 너무 심하네. 딱 보면 몰라? 나한테 한 거잖아."

"넌 뭘 믿고 그렇게 자신만만하냐?"

혼조가 의문을 가지며 물었다. 그 옆에서 호세가 강하게 수긍을 하는 듯 고개를 끄덕였다.

그러자 구현진이 거만하게 웃으며 말했다.

"난 메이저리거니까!"

"헐……."

"야, 현진아. 너 그렇게 낯 뜨거운 말도 할 줄 아냐?"

구현진이 피식 웃으며 어깨를 으쓱했다. 그런데 지나가던 그 여자가 갑자기 몸을 돌려 일행에게 다가왔다. 세 남자는 긴장하며 침을 꿀꺽 삼켰다.

그녀가 다가와 혼조에게 자신의 명함을 건네주었다.

"잘생긴 사람, 시간 나면 나한테 연락해요."

그리고 혼조에게 윙크를 보내주고는 사라졌다. 혼조는 명함을 받은 채 멍하게 있었다. 그러다가 자리에서 벌떡 일어나며 환호성을 질렀다.

"야, 이거 실화냐? 맞지? 이거 나한테 준 거 맞지?"

혼조의 난리에 호세와 구현진도 함께 기뻐해 주었다.

"오오오, 혼조! 축하해!"

"그래, 인마!"

"뭐야? 뭐냐고!"

혼조도 약간 얼떨떨한 얼굴로 명함을 바라보았다.

"뭐지? 내가 여기서 먹히는 얼굴인가?"

혼조가 의미심장한 미소를 지으며 자리에 앉았다. 그러자 구현진과 호세가 혼조에게 헤드락을 가했다.

"뭐야? 그 거만한 표정은?"

"누가 그런 표정을 지으라고 했어!"

"왜 이래? 부럽냐?"

"그래! 부럽다!"

"부러워 죽겠다!"

"하하하!"

세 사람은 서로 엉키며 즐겁게 웃었다.

2.

해가 넘어가고 저녁이 되었다.

세 사람은 아예 해변으로 나가 자리를 잡았다.

"야, 여기까지 와서 남자들끼리 논다는 것은 있을 수 없는 일이야! 안 그러냐?"

호세가 비장한 얼굴로 말을 꺼냈다.

구현진 역시 고개를 끄덕였다.

"맞아!"

하지만 혼조는 반응하지 않았다.

"난 뭐…… 남자끼리도 나쁘지 않다고 보는데."

"그건 인마! 가진 자의 여유 아냐?"

"글쎄다!"

혼조가 피식 웃으며 어깨를 으쓱했다.

"으으, 나쁜 새끼! 구! 걱정 마! 내가 오늘 너 책임진다!"

"역시 호세밖에 없어!"

"좋았어!"

호세가 의지를 다지듯 기합을 넣고 주변을 두리번거렸다. 그러다가 두 명의 여자가 눈에 들어왔다.

"구! 저 애들 어때?"

"가능하겠어?"

"나만 믿어!"

호세가 자신만만한 얼굴로 말한 후 자리에서 일어나 그녀들에게 다가갔다. 그리고 몇 번 얘기를 주고받더니 고개를 푹 숙이고 혼조와 구현진이 있는 곳으로 돌아왔다.

"실패냐?"

"남자친구가 있대!"

"실패네!"

"아니거든!"

호세는 곧바로 헌팅할 다른 여자를 물색했다. 호세의 레이더망에 또 다른 여성이 포착되었다.

"이번에는 절대 실패 안 해!"

하지만 역시 호세는 실패하였다. 그리고 몇 번 더 실패를 거듭하던 호세는 기가 죽은 채 자리로 돌아왔다. 그런 호세를 구현진이 따뜻하게 감싸주었다.

"괜찮아. 여자들이 너의 매력을 몰라서 그러는 거야."

"그렇지? 그런 거지?"

"그럼, 그럼!"

그런 두 사람을 지켜보던 혼조가 어이없는 표정을 지었다. 그러다가 혼조가 자리에서 일어났다.

"이런 불쌍한 중생들! 내가 너희를 구제해 주마!"

혼조가 호기롭게 나섰다. 하지만 혼조 역시 실패했다. 다들 침울한 표정이 되었다.

"야, 그만하자. 우리끼리 술이나 먹자!"

구현진이 두 사람을 다독이며 술집으로 이동했다. 해변 근처 술집으로 이동한 세 사람은 자리를 잡고 맥주를 시켰다.

맥주 한 모금을 마신 호세가 조심스럽게 물었다.

"그런데 너희 요새 괜찮냐? 사이 좋아?"

"당연히 좋지! 뭔 소리를 하고 그래?"

혼조가 곧바로 나서며 말했다. 그런데 호세가 고개를 갸웃했다.

"그래? 근데 오늘 좀 예전 같지 않은데? 호흡 맞춘 지 오래되었다고 그런 거 아냐?"

"아니야."

구현진도 고개를 가로저었다.

"아니면 됐어. 그런데 말이야. 너희 잘 지내야 해. 마이너리그에 있는 나는 어떻겠냐. 너희와 멀리 떨어져 있는 나는……."

"절대 아니니까 걱정 마!"

혼조가 호세의 어깨를 툭 치며 말했다. 호세가 그런 혼조를 보며 말했다.

"야, 그럼 어깨동무해. 아니다. 그러지 말고 그 세리머니 해. 승리했을 때 하는 거 있잖아!"

"야, 여기서 무슨 세리머니야."

구현진이 괜히 부끄러운지 너스레를 떨었다.

"해. 해봐! 마이너리그 있을 때는 메이저리그에 올라가면 매일 하겠다고 난리를 치던 놈들이!"

호세의 압력에 구현진과 혼조가 서로 눈치를 살폈다.

"얼른 해봐!"

호세의 성화에 못 이겨 두 사람은 어쩔 수 없이 승리 세리머니를 했다. 마지막으로 주먹을 딱 부딪칠 때 기분이 묘해졌다. 그런 두 사람을 본 호세가 기분이 좋은지 맥주병을 들었다.

"야, 기분 좋다. 술이나 더 마시자."

구현진과 혼조도 피식 웃으며 맥주병을 부딪쳤다. 그렇게 다시 이런저런 얘기를 하다가 구현진이 혼조를 보며 물었다.

"아, 혼조."

"왜?"

"할머니와 여동생은 잘 지내?"

"그럼, 여동생이 너 많이 보고 싶어 하더라. 그런데 넘보지 마."

혼조가 눈을 부라리며 말했다. 그러자 구현진이 괜히 뜨끔했는지 언성이 올라갔다.

"뭐, 뭔 소리야? 뭘 넘봐! 그보다 여동생이 몇 살이지?"

"몇 살? 그걸 왜 물어. 넘보지 말라고 했다!"

"알았다고. 그런데 일본은 몇 살부터 결혼할 수 있는 거야? 우리나라는 만 18세 이상인데."

"그걸 왜 물어봐?"

"그냥 갑자기 궁금해서."

"너, 한국에 여자친구 있다고 하지 않았어?"

"……아, 목 탄다."

구현진이 혼조의 시선을 외면하며 맥주를 마셨다. 혼조는 그런 구현진을 보며 발끈했다.

"너 이 새끼. 여자관계 복잡한 상태에서 내 동생 볼 생각하지 마."

그 말을 들은 구현진이 벌떡 몸을 일으켰다.

"야, 그럼 여자관계 복잡하지 않으면 만나도 되는 거야?"

"아니, 절대 그런 말은 아니야."

그때 쿵 하는 소리가 들렸다.

"뭐지?"

구현진이 고개를 돌리자 호세가 술에 취해 탁자에 코를 처박고 있었다.

"아나, 이 새끼. 술도 못 마시면서 달리기는."

구현진이 엎드려 있는 호세의 머리를 한 대 툭 쳤다. 그런데 혼조가 다소 진지한 얼굴로 구현진에게 말했다.

"그런데 현진아……."

혼조의 진지한 말투에 구현진 역시 진지한 얼굴이 되었다.

"말해."

"있잖아, 나 신경 쓰지 않아도 돼. 아니, 신경 쓰지 마! 메이저리그는 어차피 강한 자만이 살아남는 곳이잖아. 네가 나 때문에 무리하고 있다는 거 잘 알고 있어. 어차피 나 스스로 노력해야 하는 부분이고, 나 스스로 메이저리그에서 살아남아야 해. 그러니까 나 신경 쓰지 마!"

구현진이 미안한 마음을 항상 가지고 있다는 것을 혼조도 눈치채고 있었다.

'그리고 미안한 마음도 안 가져도 돼.'

마지막 말은 속으로 되뇌었다. 혼조의 진심을 들은 구현진이 피식 웃었다.

"그래, 알았어."

구현진이 고개를 끄덕였다.

혼조는 이참에 자신이 생각했던 말을 꺼내기로 했다.

"솔직히 내가 할 말은 아니지만 너 앞으로 경기할 때 사인이 마음에 들지 않으면 정확하게 의사를 표현해. 넌 너무 포수한테 의존하고, 포수가 하라는 대로 가는 경향이 있어."

"내가?"

"모든 포수가 네 의사를 다 읽어주지는 않아. 그럴 땐 너 스스로 네 말을 해야 포수가 알아듣지. 네가 말하지 않으면 포수가 '아, 이래도 되는구나.'라고 생각할 수 있어. 그리고 토니 와그너가 경험이 많은 포수이긴 하지만, 너무 너를 어리게 보는 경향이 있는 것 같아."

혼조는 최대한 좋게 표현하며 말했다. 토니 와그너의 그런 행동들은 따지고 보면 구현진을 무시하는 것인데 말이다.

"그런 점에 있어서는 네가 알아서 잘하겠지만 네 의사 표현을 확실하게 했으면 좋겠다."

"그래, 알았어. 충고 고마워."

구현진이 미소를 지으며 말했다. 혼조 역시 가볍게 고개를 끄덕였다. 그러다가 쓰러진 호세에게 시선이 갔다.

"하아, 이 녀석을 부축해서 가야겠지?"

"그래야지."

구현진이 자리에서 일어났다.

"야, 저쪽 팔 잡아. 내가 이쪽 팔을 잡을 테니까."

그렇게 호세를 부축하며 호텔 방으로 들어갔다. 먼저 호세를 방에 던져놓고 나왔다. 그 후 혼조 역시 그 옆방으로 들어갔고, 구현진은 맞은편 방으로 들어갔다.

"잘 자고, 내일 보자!"

"그래."

구현진은 알딸딸한 상태에서 방으로 들어와 침대에 몸을 눕혔다.

"하아……."

구현진이 가볍게 한숨을 내쉰 후 다시 자리에서 일어나 창가로 향했다. 커튼을 젖히자 밤바다가 눈에 들어왔다. 밤바다를 바라보며 구현진이 나직이 중얼거렸다.

"언제가 제일 좋았더라?"

구현진은 혼자 생각에 잠겼다.

"요새 들어서 야구가 솔직히 재미가 없어졌어. 언제 재미있었더라?"

구현진은 차근차근 생각해 보니 혼조랑 같이했을 때가 재미있었던 것 같았다.

"그래, 역시 혼조랑 했을 때구나."

구현진은 슬쩍 미소를 지었다. 그리고 한참을 밤바다를 바라보았다.

"아무래도 안 되겠어."

구현진은 뭔가 큰 결단을 내린 모습이었다.

다음 날 구현진 일행은 여행을 마치고 다시 집으로 돌아왔다.

"먼저 집에 들어가 있어."

"어디 가게?"

"잠깐 다녀올 때가 있어. 금방 올 거야."

"알았어."

혼조가 먼저 짐을 챙겨 집으로 들어갔다. 구현진은 그런 혼조를 바라보다가 그곳을 떠났다.

구현진이 향한 곳은 바로 에인절스타디움 구장이었다. 구현진은 그 길로 곧장 단장실로 향했다.

"단장님 안에 계시죠?"

구현진이 밖에 대기하고 있던 비서에게 물었다. 그러자 비서가 곧바로 단장에게 통화를 했다.

"네, 들어오시라고 합니다."

"고마워요."

구현진이 문을 열고 안으로 들어갔다. 피터 레이놀 단장과

레이 심슨 보좌관이 뭔가 얘기를 주고받고 있었다. 피터 레이놀 단장이 구현진을 발견하고는 환한 얼굴이 되었다.

"아, 구현진 선수. 어서 와요."

"네, 안녕하세요."

피터 레이놀 단장이 자리에서 일어나 소파로 안내했다.

"이쪽에 앉으세요."

"네."

구현진이 앉자 맞은편에 피터 레이놀 단장이 자리했다.

"어제 갑자기 만나자고 해서 깜짝 놀랐어요. 무슨 일이에요?"

"진지하게 얘기할 것이 있어요."

"말해보세요."

구현진은 잠시 뜸을 들이고는 입을 열었다.

"저, 혼조랑 호흡을 맞추고 싶어요."

"그래요? 이유를 물어봐도 될까요?"

"솔직히 포수를 가리고 싶진 않아요. 그런데 내가 야구를 가장 즐겁게 했던 것이 혼조랑 호흡을 맞췄을 때인 것 같아요. 혼조에게 심각한 결격 사유가 없다면 혼조랑 호흡을 맞출 수 있게 해주세요."

구현진은 현재 자신의 투구를 가장 잘 알고 잘 이끌어줄 포수는 혼조라고 생각했다. 하물며 혼조랑 배터리를 이루었을 때 가장 즐거웠다.

지금 구현진은 야구를 일단 즐기고 싶었다.

"아, 그렇군요……."

구현진의 말을 들은 피터 레이놀 단장이 진지하게 고민했다.

"구현진 선수가 무슨 말을 하는지 이해는 했어요. 하지만 5선발에게 전담 포수는 좀 그렇지 않을까요?"

"네, 알고 있습니다. 저도 이제 막 올라온 루키가 무리한 부탁을 하고 있다는 것은 알고 있어요. 하지만 전 좀 더 잘 던지고 싶어요. 팀의 에이스가 되기 위해서는 마음이 잘 맞고, 저의 투구를 100% 이끌어줄 그런 포수가 필요해요."

"그 포수가 혼조다. 이 말씀이죠?"

"네!"

"약간 곤란한데……."

피터 레이놀 단장이 고개를 가볍게 흔들었다.

구현진 역시 자신이 무리한 부탁을 한다는 것은 알고 있었다. 그러나 지금 상황에서는 어쩔 수 없는 선택이었다.

'다소 건방지게 보일 수 있지만…… 그래도 꼭 잘 던지고 싶어.'

구현진이 속으로 강하게 외쳤다.

잠시 고민을 하던 피터 레이놀 단장이 고개를 끄덕였다.

"일단 알겠어요."

"해주실 겁니까?"

구현진이 불안한 눈빛으로 조심스럽게 물었다. 그러자 피터 레이놀 단장이 미소를 지었다.

"물론입니다. 구현진 선수에게는 그렇게 해줘야죠. 그 일이 바로 우리 프런트가 하는 일이니까요. 물론 쉽지 않다는 것은 알고 있죠?"

"네."

"일단 내가 감독과 다른 코칭스태프들을 잘 설득해 보겠어요."

"아! 감사합니다. 정말 감사합니다."

구현진은 밝은 얼굴로 인사를 했고, 피터 레이놀 단장은 미소를 지어 보였다.

"그럼 부탁드리겠습니다."

"네, 남은 경기도 잘해주길 바랍니다."

"네, 열심히 하겠습니다."

구현진이 인사를 하고 단장실을 나갔다. 피터 레이놀 단장이 흐뭇한 얼굴로 콧노래를 부르며 책상으로 가서 앉았다. 레이 심슨 보좌관이 눈을 가늘게 뜨며 지켜보았다.

"우와, 치사하네요."

"치사해? 내가?"

"네, 전 단장님 그리 보지 않았는데……."

"난 통 무슨 말을 하는지 모르겠네."

피터 레이놀 단장은 입가에 미소를 지으며 서류를 살피고 있었다.

"이야, 짐짓 모르는 척하는 거 봐! 구현진 선수와 혼조 배터리는 이미 결정된 상황이잖아요. 다음 경기부터 맡기기로 말이에요."

"아? 그랬나?"

피터 레이놀 단장은 모르는 척 발뺌을 했다.

사실 구현진이 오기 전 이미 구단에서는 다양한 얘기가 오갔다. 회의를 통해 구현진이 토니 와그너와는 호흡이 잘 맞지 않는다는 결론이 나왔다.

그래서 다시 혼조랑 호흡을 맞춰보는 것이 좋을 것 같다는 의견이 나왔던 것이다. 일단 혼조에게 두세 경기 정도 맡겨보고 성적이 좋다면 이대로 나가는 걸로 얘기가 끝난 상태였다.

"와, 단장님. 엄청 능글맞으시다."

"후후후……."

레이 심슨 보좌관의 놀림에도 피터 레이놀 단장은 웃기만 했다. 그도 그럴 것이 피터 레이놀 단장은 구현진에 대한 장기적인 플랜을 가지고 있었다.

피터 레이놀 단장도 구현진을 팀의 에이스로 만드는 것이 최종 목표였다. 그러기 위해 구현진의 기를 살려주자는 목적도 있었다.

또한, 현재 구현진의 컨디션이 너무 좋지 않기 때문에 컨디션을 올려줄 필요도 있었다. 그래서 그 얘기를 쏙 빼놓고 마치 본인이 구현진의 부탁을 들어준 것처럼 한 것이었다.

"원래 다 이렇게 하는 거지, 뭐. 나도 구현진 선수에게 점수 따고 좋잖아!"

"그럼 감독에게 뭐라고 얘기하시게요?"

"보고 들었던 얘기 그대로 해줘. 감독도 생색은 내야 할 것 아니야. 얼마나 좋아!"

"훗, 알았어요."

레이 심슨 보좌관이 고개를 끄덕였다.

그런데 피터 레이놀 단장이 사뭇 진지한 얼굴이 되었다.

"솔직히 말하면 구현진 선수에게 미안한 면도 있지. 잘 던지고 있는데 포수를 바꾸면 베테랑이 아니고서야 누구나 흔들리게 마련이야. 무엇보다 투수와 포수와의 상성이 있는데 그걸 내 멋대로 바꾼 거니까. 그런데 구현진 선수가 저렇게 나와주니까 고맙기도 하고, 잘 던졌으면 하는 바람도 있어."

"그럼요, 구현진 선수는 잘할 겁니다."

"그래, 잘해야지."

피터 레이놀 단장은 말을 하고는 다시 서류를 검토했다. 그러다가 고개를 들어 레이 심슨 보좌관을 보았다.

"그런데 넌 왜 계속 여기 있냐?"
"아! 저 말입니까? 지금 나가려고 했어요."
"너 자꾸 농땡이 부리면 월급 깐다."
"에이, 농담도 잘하십니다."
"농담 아닌데?"
"넵! 열심히 하겠습니다."
레이 심슨이 부랴부랴 단장실을 빠져나갔다.

3.

박동희가 한국에서 볼일을 마치고 오랜만에 미국에 왔다. 그는 곧장 구현진을 찾아가 이것저것 챙겨주었다. 게다가 한국에서 공수해 온 김치와 고추장도 냉장고에 잔뜩 넣어주었다.
"역시 한국 사람은 김치를 먹어야 해요. 한동안 스테이크랑 햄버거로 끼니를 때우니까 얼마나 느끼하던지."
"후후, 그랬냐?"
"그럼요. 한국인은 밥심인데!"
"그렇지."
박동희가 물건들을 챙겨 넣고 본론으로 들어갔다.
"현진아, 다음 경기 혼조랑 호흡 맞추게 되었다."

"진짜요?"

"그래."

"잘됐다!"

구현진은 피터 레이놀 단장이 약속을 지켜줘서 너무 고마웠다. 그리고 이 소식을 곧장 혼조에게 전하고 싶었다.

"야! 혼조. 방에 있냐?"

구현진이 방문을 두드렸다. 하지만 안에서는 답이 없었다.

"어디 갔나? 혼조?"

구현진이 조심스럽게 문을 열었다. 혼조는 책상에 앉아 무언가 열심히 보고 있었다.

"안에 있었네. 그런데 왜 대답을 안 해?"

"무슨 일인데?"

혼조가 고개를 돌렸다. 구현진이 피식 웃으며 말했다.

"야, 다음 경기……."

혼조가 책상 위에 있던 서류를 들어 구현진에게 던졌다.

"뭐야, 이거?"

"호들갑 떨지 말고 그거나 봐!"

구현진이 그걸 보고 눈을 크게 뜬다. 그 서류는 다음 경기에 나올 타자들의 자료였다.

"야, 너 알고 있었어?"

"시끄럽고 그거나 봐! 다음 경기 개판으로 던질 거야?"

"와, 진짜! 알고 있으면 말해줘야지."

"나도 오늘 아침에 전화 받았어. 그리고 부랴부랴 자료 찾느라 정신도 없었고."

"자식! 아무튼, 잘해보자!"

구현진이 손을 내밀었다. 혼조 역시 미소를 짓고는 손바닥을 툭 쳤다.

"그래, 부탁한다!"

구현진이 방을 나가고 혼조는 다음 경기 자료를 보다가 문득 뭔가가 떠올랐다.

그리고 곧바로 스마트폰 메신저를 켜서, 동생 아카네에게 톡을 보냈다.

-아카네. 기뻐해라. 오빠 다음 경기 선발이다. 현진이랑 다시 호흡 맞추기로 했어.

곧바로 아카네에게서 답장이 날아왔다.

-정말? 잘됐다!

-그래, 현진이랑 오랜만에 호흡 맞추게 되었네.

-정말 축하해. 오빠가 그렇게 원하던 일이 이루어졌네.

-그래, 이번에는 절대로 이 자리 놓치지 않을 거야.

-오빠는 잘할 수 있을 거야! 항상 응원할게.

-고마워, 아카네.

혼조는 아카네와 메신저를 끝내고 스마트폰을 책상에 내려놓았다.

"어렵게 다시 온 기회야. 절대 놓치지 않아."

혼조는 스스로에게 다짐했다.

그리고 결전의 날이 밝아왔다.

4.

에인절스 대 화이트삭스가 열리는 에인절스타디움.

-오늘 구의 후반기 첫 선발 등판입니다.

-올스타 브레이크전까지 6승 4패에 평균자책점은 4.60으로 다소 높았어요. 1위 레인저스와 5게임 차로 2위를 기록 중인 에인절스. 과연 구가 오늘 경기에서 레인저스와의 승차를 줄일 수 있을까요?

-글쎄요. 아, 오늘 포수는 토니 와그너가 아니라, 혼조 토모이츠로군요.

-당연히 토니 와그너와 호흡을 맞추는 줄 알았는데요. 오늘은 혼조 선수가 나섰네요.

-토니 와그너 선수에게 문제가 있는 걸까요? 아니면 어디 부상이라도 당했나요?

-글쎄요, 올라온 보고는 없습니다. 컨디션에도 문제는 없어 보였는데요. 아무래도 체력 안배 차원에서 휴식을 주는 모양입니다.

-아, 그런가요?

그때 중계진 카메라가 에인절스 더그아웃을 가리켰다. 그곳에선 토니 와그너가 옆 동료랑 웃으며 장난을 치고 있었다.

-토니 와그너 선수 아닙니까?

-그렇군요. 옆 선수랑 장난치는 것을 보니 아무 문제 없는 모양입니다. 확실히 체력 안배 차원이 맞는 것 같아요.

-혼조 선수 등판일이 언제였죠?

-아마 6월 말이었던 걸로 알고 있어요. 그전에 몇 번 대타로 나왔던 것이 다였네요.

-그럼 혼조는 이번 기회를 잘 잡아야 합니다. 그래야 살아남을 수 있어요.

-구와 오랫동안 호흡을 맞춰왔기 때문에 오늘도 좋은 결과

를 얻어낼 것입니다.

-저기 보십시오. 구와 혼조가 경기가 있기 전 대화를 나누고 있군요.

혼조가 잠시 숨을 고르더니 구현진에게 말했다.

"긴장되냐?"

"뭔 소리야?"

"아니, 긴장되냐고."

"훗! 내가 아니라 네가 긴장하는 것 같은데?"

"그러냐?"

혼조는 어색한 웃음을 흘렸다. 구현진이 피식 웃었다.

"왜? 오랜만에 선발로 나오니 많이 긴장돼?"

"그걸 말이라고 하냐! 떨려 죽겠다!"

"준비 많이 했잖아. 넌 잘할 거야."

구현진이 혼조의 긴장을 풀어주려고 했다. 혼조도 그것을 알기에 고개를 끄덕였다.

"알았다! 열심히 하자!"

"그래!"

"초반부터 빡세게 갈 테니까. 잘 따라와!"

"맡겨둬!"

"오케이!"

혼조가 곧바로 포수 자리로 갔다. 마스크를 쓰자, 화이트삭스의 1번 타자 로드 산체스가 천천히 들어섰다. 리드오프답지 않게 건장한 체격을 가진 로드 산체스였다. 현재까지 도루는 8개를 기록하고 있었고, 출루율은 0.317을 기록하고 있었다.

우투 양타인 로드 산체스가 좌투수인 구현진을 상대로 우타석에 들어섰다. 가볍게 방망이를 돌리더니 이내 방망이를 움켜쥐고 자세를 취했다.

그사이 구현진 역시 투구판을 밟고 섰다.

혼조가 로드 산체스를 바라보며 사인을 보냈다. 혹여 별다른 특징이 있는 것은 아닌지, 다리의 위치와 행동을 살펴보기 위함이었다.

'로드 산체스 우투 양타! 리드오프로서 컨택 능력은 다소 떨어지지만, 선구안은 좋다고 하던데. 일단 우선은 바깥쪽 꽉 찬 공으로.'

혼조가 곧바로 사인을 보냈다.

구현진이 고개를 끄덕인 후 글러브를 가슴에 모았다. 포심 패스트볼 그립을 힘껏 쥔 후 던졌다.

후앗!

초구는 바깥쪽으로 꽉 차게 날아갔다. 그때 로드 산체스의 방망이가 돌아갔다.

딱!

로드 산체스는 바깥쪽 꽉 찬 공을 그대로 밀어쳐 1루수 키를 넘기는 안타를 만들었다. 로드 산체스가 가볍게 1루에 진출했다. 혼조가 마스크를 벗으며 자리에서 벌떡 일어났다.

"초구부터 방망이가……."

혼조의 얼굴이 굳어졌다. 혹여 자신이 잘못 리드해서 첫 타자를 안타로 내보냈나 생각했다.

그런데 구현진이 곧바로 손을 들어 혼조에게 소리쳤다.

"혼조! 미안! 내가 잘못 던졌어. 실투야, 실투! 공이 좀 몰렸네."

구현진이 곧바로 사과했지만 혼조는 알았다. 절대 실투가 아니라는 사실을 말이다.

물론 구현진이 특별히 못 던진 것도 아니었다. 1번 타자인 로드 산체스가 잘 노려서 친 것이었다.

구현진이 마운드를 내려와 잠깐 심호흡했다.

그사이 2번 타자 맷 카브레라가 타석에 들어섰다. 그는 초구 몸쪽으로 파고들어 오는 공을 힘껏 잡아당겨 파울을 만들었다.

구현진은 공을 건네받고 투구판을 밟았다. 투구를 준비하고 슬쩍 1루를 바라보았다. 1루 주자 로드 산체스의 리드 폭이 조금 길었다.

구현진이 곧바로 몸을 돌려 1루에 견제구를 던졌다.

촤라라락!

로드 산체스가 슬라이딩하며 1루 베이스를 터치했다. 아슬아슬하게 세이프가 되었다. 로드 산체스가 베이스를 밟고 몸에 묻은 흙을 털어냈다.

구현진은 다시 사인을 확인하며 1루를 힐끔 바라봤다. 로드 산체스의 리드는 조금 전과 같았다. 하지만 이번에는 그냥 천천히 1루를 견제했다.

로드 산체스가 이번에는 걸어서 1루 베이스를 밟았다. 2번의 견제구를 던진 구현진이 로진백을 툭툭 건드린 후 투구판을 밟았다. 사인을 받고, 1루를 견제했다.

여전히 리드를 가져갔지만 2루를 훔칠 의향은 없어 보였다.

그때 구현진이 재빨리 투구 동작을 가져가며 공을 던졌다.

퍼엉!

공이 약간 높게 들어오며 볼이 되었다. 혼조에게 공을 건네받은 구현진은 1루를 바라보고는 투구판을 밟았다. 혼조의 사인은 바깥쪽 체인지업이었다.

구현진이 가볍게 고개를 끄덕인 후 포수 미트를 향해 공을 힘껏 던졌다. 그때를 같이해 로드 산체스가 스타트를 끊었다. 타석에서도 포심 패스트볼처럼 날아가던 공이 홈 플레이트 앞에서 뚝 떨어졌다.

2번 타자 맷 카브레라의 방망이가 돌아갔다. 런 앤 히트 작전이 나온 것이다.

딱!

맷 카브레라가 떨어지는 체인지업을 가볍게 툭 건드렸다. 공은 2루수 방향으로 날아갔다. 에인절스의 2루수 케일럽 코발트가 몸을 날렸다.

아슬아슬하게 빠져나가려던 공이 케일럽 코발트의 글러브에 쏙 빨려 들어갔다. 슬라이딩 자세로 공을 잡아낸 케이렙 코발트는 엎드린 상태 그대로 1루로 송구, 아웃을 만들었다. 이미 스타트를 끊은 1루수 로드 산체스는 2루에서 허탈한 얼굴로 서 있었다.

-케일럽 코발트의 파인 플레이! 구현진의 어깨를 가볍게 만들어주네요.

-주자가 이미 스타트를 끊었기 때문에 1루로 되돌아갈 수가 없었어요.

구현진은 파인 플레이를 보여준 2루수 케일럽 코발트를 향해 박수를 보내주었다.

무사 1루에서 주자 없이 투아웃을 만들었다. 그리고 3번 타자 호날 아브레유가 타석에 들어섰다.

화이트 삭스의 간판타자로 장타력과 컨택 능력을 가진 최고의 타자로 불리고 있다.

호날 아브레유가 타석에 들어서자 타석이 꽉 찬 느낌이었다. 혼조는 호날 아브레유의 엄청난 팔뚝을 보고 살짝 기가 죽었다.

'어마어마하네. 잘못 걸렸다가는 바로 홈런이겠다.'

우타석에 선 호날 아브레유가 가볍게 방망이를 휘둘렀다. 타석 맨 뒤쪽에 발을 놓고 타격 자세를 취했다.

'일단 까다롭게 나가자!'

구현진은 초구로 바깥쪽 슬라이더를 던졌다. 호날 아브레유의 방망이가 힘껏 돌아갔다.

퍼엉!

초구 헛스윙을 한 호날 아브레유는 2구째 몸쪽 가슴팍에 들어오는 포심 패스트볼에는 가만히 있었다. 하나 주심의 손이 올라가며 스트라이크가 되었다.

호날 아브레유는 투 스트라이크 노 볼의 상황에서 3구와 4구를 파울로 걷어낸 후 5구째 떨어지는 체인지업에 움찔했지만, 끝내 방망이를 휘두르진 않았다. 그리고 6구째 몸쪽으로 휘어져 들어가는 슬라이더에 헛스윙, 삼진이 되었다.

그렇게 1회 초 공격이 끝이 났다.

구현진이 터벅터벅 마운드를 내려갔다. 그 뒤로 내야수들이 구현진을 향해 소리쳤다.

"나이스 볼!"

"굿 잡!"

구현진은 그들을 향해 미소를 지으며 고개를 끄덕였다. 비록 선두타자를 출루시켰지만, 그 뒤로 더블플레이 아웃과, 삼진으로 이닝을 마쳤다.

그 뒤로 구현진은 2회 초 4번 오드 프레이저를 6구 만에 삼진, 5번 아그리아 가르시아를 풀 카운트 접전 끝에 하이 패스트볼로 헛스윙을 유도, 삼진을 잡았다. 6번 멜키 데이비슨 역시 5구 만에 중견수 플라이 아웃으로 잡으며 2회 초마저 삼자범퇴로 끝마쳤다.

3회 초는 하위타선을 상대로 7번 패티 앤더슨 삼진, 8번 오닐 나르바에스 삼진. 9번 매이드 핸슨마저 삼진으로 돌려세우며 깔끔하게 처리했다.

구현진의 공은 점점 더 빛을 발하며 화이트 삭스의 강타선을 꽁꽁 묶고 있었다.

에인절스는 3회 말 2사 후 안타와 볼넷으로 주자가 출루했고, 다음 타석에 들어선 매니 트라웃이 좌익수 앞에 떨어지는 안타를 때려내며 1타점을 올렸다.

그러나 아쉽게도 후속 타자 알버트 푸홀이 삼진 아웃을 당하면서 더 이상의 득점은 올리지 못했다.

하지만 구현진은 1점에 힘입어 더욱 강력하게 공을 뿌려댔다.

펑!

"스트라이크!"

퍼엉!

"스트라이크!"

펑!

"스트라이크. 타자 아웃!"

4회, 5회마저 삼진을 쏟아내며 주자를 하나도 내보지 않고 있었다. 6회까지 투구수 92개로 화이트 삭스의 타자를 농락했다.

구현진이 벤치에 앉아 땀을 닦았다. 그 모습을 지켜보던 투수코치가 마이크 오노 감독에게 다가갔다.

"현재 구현진의 투구수가 92개를 넘었습니다. 이제 교체하시는 것이 어떻겠습니까?"

"벌써 92개야? 타자들이 나가지도 않았잖아. 대부분 삼진으로 잡은 것 같은데?"

"네, 하지만 거의 대부분 풀 카운트 접전이었습니다. 어떤 때는 파울로 걷어내며 삼진을 잡아냈습니다."

"지금 현재 삼진은?"

"12개입니다."

마이크 오노 감독이 구현진을 보았다.

"좀 더 던지게 하고 싶은데……."

7회까지 맡긴다고 해도 투구수가 100구는 넘길 것 같았다.

"구속도 조금 떨어진 것이 조금 힘들어 보이긴 합니다."

"알았어. 불펜 대기시키게."

"네!"

투수코치가 뒤로 가서 전화기를 들었다.

그사이 에인절스의 6회 말 공격이 끝이 났다. 구현진이 수건을 내려놓고 글러브와 모자를 챙겼다. 그리고 마이크 오노 감독을 바라보았다.

마이크 오노 감독이 고개를 가볍게 끄덕였다. 구현진이 피식 웃으며 모자를 눌러썼다. 마운드로 걸어 나가는 구현진 뒤로 혼조가 다가왔다.

"아무래도 이번 이닝이 마지막일 것 같다."

"알고 있어."

"그럼, 뭐 별다른 말은 하지 않아도 되지?"

"그래!"

-오오, 구! 7회에도 마운드에 올랐습니다. 현재 투구수가 92개임을 감안하면 이번 이닝까지겠죠?

-그럴 겁니다. 지금 불펜에서 몸을 푸는 선수가 나오기 시작했거든요.

-오늘 경기만 본다면 구가 돌아왔다고 봐야겠죠?

-맞습니다. 현재까지 삼진 12개, 닥터 K가 돌아왔다고 봐야겠죠.

-확실히 혼조와 호흡을 맞추니 삼진이 늘어났어요. 투구도 공격적이게 되었고요.

-다만 투구수가 많아졌다는 것이 조금 단점입니다.

-화이트 삭스의 타자들이 끈질겼다고 봐야겠죠?

-그렇게 볼 수도 있겠죠. 어쨌든 구의 마지막 이닝을 지켜보도록 하겠습니다.

구현진이 연습구 2개를 던진 후 마운드를 내려갔다. 크게 심호흡을 한 후 로진백을 툭툭 건드렸다. 그리고 1번 타자 로드 산체스를 상대했다.

로드 산체스는 두 번의 타석에서 안타와 삼진을 기록했다. 현재까지 팀의 유일한 안타가 바로 로드 산체스가 친 안타였다. 구현진은 마지막 이닝에서 세 타자 연속 삼진을 낚아챘다.

퍼엉!

"스트라이크. 타자 아웃!"

-오오! 세 타자 연속 삼진!

-구, 7이닝 동안 15개의 삼진을 잡아냈습니다.

-올 시즌 신인 최다 탈삼진 기록을 세웁니다.

-저기 보십시오. 관중들이 구에게 기립박수를 보냅니다.

짝짝짝짝!

"구! 구! 구! 구!"

에인절스타디움은 관중들의 환호성으로 가득했다. '닥터 K', 그의 화려한 귀환을 알리고 있었다.

"잘했어! 멋진 마무리였어."

혼조가 다가와 말했다. 구현진은 미소를 지으며 고개를 끄덕였다.

"너도 고생했다."

두 사람은 더그아웃으로 돌아와 벤치에 앉았다. 구현진이 수건으로 땀을 닦고 있을 때 마이크 오노 감독이 다가왔다.

"수고했어. 오늘 난 최고의 경기를 본 것 같아. 푹 쉬게."

마이크 오노 감독이 구현진의 어깨를 가볍게 두드리고는 자신의 자리로 돌아갔다. 그 뒤로 투수코치도 와서 엄지를 올리며 칭찬해 주었다.

구현진은 교체가 된다는 것을 알고 더그아웃 뒤쪽 트레이너실로 향했다.

잠시 후 어깨 아이싱을 하고 더그아웃에 모습을 드러냈다. 그런데 아직 공수교대가 안 된 모양이었다.

그때 경쾌한 타격음이 들리고 관중들의 환호성이 들려왔다.

"뭐지?"

구현진이 깜짝 놀라 상황을 확인했다. 폭죽과 소리가 들리며 매니 트라웃이 한 손을 높이 들며 다이아몬드를 돌고 있었다. 전광판에는 그랜드 슬램이라고 찍혀 있었다.

"헉! 만루 홈런을 친 거야?"

1점 차 살얼음판 리드에서 매니 트라웃의 만루 홈런에 힘입어 에인절스는 5 대 0으로 앞서갔다.

하지만 구현진은 이내 고개를 푹 숙였다.

"하아, 내가 수훈 선수가 될 줄 알았는데……. 에이 씨, 또 뺏겼네."

5.

7회 말 매니 트라웃의 만루 홈런에 힘입어 에인절스가 5 대 0으로 앞섰다.

8회 초부터는 에인절스의 필승조가 올라와 투구를 펼쳤다. 구현진은 아이싱을 하고 경기를 지켜보았다. 동료들이 하나둘 구현진에게 다가와 축하 인사를 건넸다.

"굿 잡!"

"멋진 투구였어."

"이야, 오늘이 내가 본 너의 투구 중 최고였어!"

"그레이트!"

"그래, 고마워!"

구현진은 축하해 주는 동료들에게 일일이 인사를 했다.

구현진 역시 오랜만에 혼조와 호흡을 맞춰서 그런지 기분이 상쾌했다.

투구가 오늘만 같으면 다시 야구가 재미있어질 것 같았다. 아니, 이미 충분히 재미가 있었다.

에인절스의 불펜진이 2이닝을 책임지며 5 대 1로 승리를 거두었다. 옥에 티가 있다면 8회 초였다.

8회 초에 두 번째 투수로 올라온 블레이크 파커가 초반부터 불안하게 출발했다. 화이트 삭스의 4번 타자인 오드 프레이저를 스트레이트 볼 4개로 출루시킨 것이었다.

아직 몸이 덜 풀렸는지 급기야 투수 폭투로 인해 1루 주자가 2루까지 진루했다. 다행히도 무사 2루인 상황에서 5번 아그리아 가르시아를 삼진으로 잡아내며 불씨를 끄는 듯했다.

그러나 1사 2루인 상황에서 6번 멜키 데이비슨이 3루 쪽 깊숙한 타구를 때려냈다. 에인절스의 3루수 파누 에스코바가 파울라인 쪽으로 다이빙하며 간신히 공을 낚아챘다.

솨라라라라라!

파누 에스코바가 곧바로 자리에서 일어나 2루 주자 오드 프레이저를 2루에 묶어둔 후 1루에 공을 던졌다. 그와 동시에 오드 프레이저가 3루로 뛰기 시작했다.

1루수 루이스 발부에나는 원 바운드 된 공을 어렵게 잡아내려 했지만, 공을 놓치고 말았다. 3루로 뛰는 주자가 신경이 쓰였는지 한순간 공에서 시선이 떨어졌다.

2사 3루가 되어야 할 상황이 1사 1, 3루가 되어버렸다.

루이스 발부에나가 미안하다며 손을 들었다. 그러자 3루수 파누 에스코바 역시 자신의 가슴을 두드리며 자기 잘못이라고 했다.

블레이크 파커는 크게 흔들릴 만도 한데 오히려 안정을 되찾아갔다. 공의 위력이 돌아온 것이다.

하지만 7번 타자 패티 앤더슨이 우익수 앞 뜬 공을 때려냈다.

3루 주자는 천천히 3루 베이스를 밟고 태그 업 자세를 취했다.

우익수 캐릭 칼훈이 공을 잡자마자 포수를 향해 힘껏 공을 던졌다. 그때를 같이해 오드 프레이저가 태그 업을 했다.

공이 약간 벗어난 사이 오드 프레이저가 슬라이딩하며 베이스를 터치했다. 결국, 화이트 삭스가 오늘 경기에서 첫 득점을 올리며 추격을 시작했다.

블레이크 파커는 2사 1루에서 8번 오닐 나르바에스를 2루수 땅볼로 잡아내며 8회 초를 마칠 수 있었다.

9회 초 에인절스 마무리인 버드 노리스가 세이브 상황이 아닌데도 올라와 마무리를 지었다.

결국, 에인절스가 5 대 1로 화이트 삭스를 잡아냈다. 구현진은 7이닝 무실점으로 평균자책점을 4.60에서 4.24로 줄이는데 성공했다.

에인절스는 구현진의 호투로 2연패를 끊어내며 승리를 했다. 그리고 에인절스의 2연패를 끊게 한 구현진이 경기 수훈선수로 선정되었다.

· 24장 ·

대표 팀

I.

구현진은 오늘 만루 홈런을 친 매니 트라웃이 수훈 선수 인터뷰를 할 줄 알았다. 여자 아나운서가 먼저 매니 트라웃과 잠깐 얘기를 나누는 모습도 보였다.

"역시 트라웃이구나."

구현진이 씁쓸하게 중얼거린 후 장비를 정리했다. 그때 구단 관계자가 구현진에게 다가왔다.

"구! 오늘의 수훈 선수 인터뷰해야 합니다."

"네? 제가요?"

"네, 오늘 수훈 선수로 구가 선정되었어요."

"트라웃이 아니라 저라고요?"

구현진은 다시 확인하며 되물었다.

"네, 구예요."

구현진의 얼굴은 어느새 환한 얼굴이 되어 있었다.

"네, 지금 갑니다."

구현진은 구단 관계자를 따라 인터뷰 장소에 왔다. 금발의 아나운서가 환한 얼굴로 인터뷰를 시작했다.

"오늘 승리 축하합니다."

"감사합니다."

"7이닝 무실점 15탈삼진. 올해 신인 중에서 15개의 탈삼진을 기록한 선수는 구가 유일해요. 기분 어때요?"

"물론 너무 좋습니다. 오늘은 최대한 집중해서 던지려고 했어요. 포심 패스트볼과 슬라이더 그리고 체인지업까지 제가 원하는 곳에 던질 수 있어서 좋은 결과가 나왔다고 봅니다. 아, 또 포수의 리드도 좋았습니다."

"포수 리드에 관해 말씀하셨는데요. 오늘 혼조 선수랑 호흡은 어땠나요?"

"기분 좋았습니다. 혼조의 리드를 믿고 그가 던지라고 하는 곳에 던졌을 뿐입니다."

"그럼 좀 짓궂은 질문일 수도 있는데요. 토니와 혼조 둘 중 누가 더 좋아요?"

"으음……."

구현진은 잠시 생각을 하는 듯 미간을 찌푸렸다.

"솔직히 둘 다 장단점이 있어요. 하지만 저는 트리플 A부터 혼조와 호흡을 맞춰왔기 때문에 솔직히 혼조가 편안한 것은 사실이에요. 어쩌면 리드 쪽에서는 혼조의 리드가 저와 잘 맞는다는 생각은 들어요."

구현진은 자신이 생각했던 바를 솔직하게 말했지만, 그 발언으로 인해 문제가 생길 수도 있는 상황이었다. 하지만 기자는 구현진의 솔직한 말에 수긍했다.

아니, 의심도 하지 않았다. 오늘 경기 결과가 자신의 발언을 뒷받침해 주었기 때문이었다.

"잘 알겠습니다. 아, 그리고 조금 전 잠깐 트라웃 선수와 얘기를 나눴는데요."

"그래요?"

"네, 트라웃 선수가 이런 말을 하더라고요. '오늘 최고의 수훈 선수는 구다. 나는 오히려 구에게 많이 미안하다. 중심타자로서 빨리 점수를 뽑아줘야 했는데 그러지 못했다. 구가 7회까지 잘 버텨줘서 너무 고맙다.' 이런 말을 했어요. 이참에 트라웃에게 한마디 해주세요."

"정말 트라웃이 그리 말했어요?"

구현진이 눈을 크게 떴다. 아나운서가 고개를 끄덕였다.

"그럼요."

구현진의 얼굴에 미소가 스르륵 번졌다.

"저도 트라웃에게 많이 고마워하고 있습니다. 제가 힘들 때 트라웃은 항상 조언을 해주면서 많이 도와줬어요. 게다가 점수도 뽑아줬고요. 트라웃이 메이저리그 최고의 타자라는 것은 의심할 여지가 없어요. 트라웃 최고!"

구현진은 눈웃음을 치며 카메라를 향해 깜찍한 손 하트를 날렸다. 옆에서 지켜보던 아나운서도 구현진의 깜찍한 손 하트에 크게 웃음을 날렸다.

그렇게 구현진의 수훈 선수 인터뷰가 끝이 났다.

마이크 오노 감독은 뒤에서 구현진의 인터뷰를 지켜보고 있었다. 그는 입을 꾹 닫은 채 고개를 가볍게 끄덕였다.

"저 정도면 당분간은 혼조로 가는 것이 낫겠어."

옆에 있던 투수코치도 공감하는 듯 고개를 끄덕였다.

"네, 오늘과 같은 성적을 계속 내준다면 당분간은 혼조가 구의 전담 포수를 하는 것이 좋겠습니다."

"그래, 당분간은 이대로 가보자고."

토니 와그너는 트레이너실에서 마사지를 받고 있었다. 그리고 구가 했던 인터뷰를 들었다.

"뭐, 괜찮아. 어차피 5선발이잖아."

토니 와그너는 쿨하게 말했지만, 얼굴은 잔뜩 일그러져 있었다.

[에인절스의 구, 닥터 K로 돌아오다. 7이닝 동안 15개 탈삼진.]

후반기 첫 선발 경기에서 놀라운 활약을 펼친 구현진이 삼진왕을 향해 돛대를 다시 올리고 있다.

구는 화이트 삭스와의 홈경기에 선발 등판해 팀의 5-1 승리를 이끌었다. 이날 구는 7이닝 동안 104개의 공을 던지며 1피안타 무실점으로 화이트 삭스의 강타선을 막아냈다. 볼넷은 한 개도 내주지 않았고, 삼진은 무려 15개를 잡아냈다.

삼진 15개는 올해 신인 투수 중 최초이며, 현역 투수 중 다저스의 커쇼 다음으로 많이 잡은 투수로 기록되었다.]

ㄴ구가 돌아왔다!

ㄴ삼진왕을 향해 정조준 중!

ㄴ역시 포수는 혼조가 답이었나?

ㄴ오늘 경기만 이러고 다음 경기는 또 죽 쑤는 거 아냐?

ㄴ제발 그러지 않기를 빌겠지만…… 앞날은 모르는 거니까.

ㄴ님아, 재수 없는 말은 삼가요. 이제 구현진은 꽃길만 걷기를 빌어야죠.

ㄴ닥터 K 비상하라!

각종 사이트와 언론 매체에서는 일제히 오늘 있었던 구현진의 경기를 다뤘다. 모두 포수 하나 바꿨을 뿐인데 삼진 능력이 좋아진 것은 물론 무실점까지 기록한 구현진에게 놀라고 있었다.

이를 두고 전문가들의 의견이 오갔고, 이에 따라 네티즌들까지 난리가 났다. 그리고 몇몇 전문가는 고작 한 경기 가지고 왈가왈부하지 말고, 좀 더 지켜볼 필요가 있다고 했다.

전문가들의 말을 들었을까. 구현진은 연일 호투를 이어갔다. 다음 선발 등판에서 7이닝 1실점 삼진 15개를 잡아냈다. 두 경기 연속 15개의 삼진을 잡아내며 전문가들이 가지고 있던 불신을 완벽하게 털어냈다.

그리고 세 번째 등판 역시 7이닝 무실점에 삼진은 13개를 잡아냈다. 평균자책점 역시 크게 떨어져 3.75를 기록했다.

1회부터 3회까지는 삼자범퇴로 이닝을 마무리 지었다. 강력한 포심 패스트볼을 앞세워 체인지업과 슬라이더를 적절히 사용하며 상대를 압박했다.

4회에 첫 안타와 볼넷을 내주며 약간 흔들렸지만 이내 삼진과 2루수 팝플라이 아웃으로 위기를 모면했다. 구현진의 위기관리 능력을 또 한 번 보여주는 이닝이었다.

그리고 5회 세 타자 연속 삼진으로 잡아내었고, 6, 7회까지 깔끔하게 막아냈다. 중간에 잠깐의 흔들림이 있었지만 3경기 연속 7이닝을 던지며 건재함을 과시했다.

탈삼진 능력 또한 뛰어나 삼진왕 타이틀을 향해 순항 중이었다.

게다가 세 경기 연속 승리하며 승수도 차근차근 쌓아 올라 9승 4패가 되었다. 이제 1승만 더 추가하면 메이저리그 첫 데뷔 무대에서 10승을 하게 되는 영광을 누리게 되었다. 아직 남은 경기도 많아 10승은 무난할 듯 보였다.

2.

대한민국 KBO 빌딩.

협회 대회의장에는 이번 아시안게임 대표 팀을 뽑기 위한 회의가 한창이었다.

대표 팀 감독인 선동인을 필두로 선수 선발 위원회 사람들이 쭉 앉아 있었다. 그들은 선수 서류를 하나하나 검토하며 회의를 진행했다.

"좌완 투수는 이 정도면 된 것 같은데요?"

그러자 선동인 감독이 마이크를 잡았다.

"지금 에인절스에서 활약하고 있는 구현진 선수는 빼는 겁니까?"

"성적이 좋지 않습니다."

"맞아요. 일단 국내 위주로 뽑는 걸로 하죠."

선발 위원회의 사람들은 대부분 부정적이었다. 하지만 선동인 감독은 달랐다.

"구현진의 최근 페이스가 너무 좋습니다. 다시 한번 생각해 보세요."

선수 선발 위원회는 단호하게 선을 그었다.

"안 됩니다."

"게다가 대표 팀에 현재 좌완 선발이 너무 많아요. 우리는 우완 투수가 필요합니다. 무엇보다 구현진은 아직 경험이 적지 않습니까. 아직은 이르다고 판단됩니다."

"하지만……."

선동인 감독이 바로 반론하려고 했지만, 선수 선발 위원장이 말렸다.

"선동인 감독의 욕심은 알겠지만, 고작 아시안게임입니다. 일본은 여전히 사회인 야구단을 꾸리고 있고, 다른 팀들은 우리와 상대가 되지 않아요. 대만만 견제하면 되는데 굳이 열을 낼 필요가 있겠습니까? 그냥 국내 위주로 꾸려서 나가도 충분하다고 봅니다."

그러자 선동인 감독은 입을 다물었다. 더 이상 얘기해 봤자 소용이 없다고 생각했다.

"알겠습니다. 다만 예비 엔트리에는 포함시켜 주십시오."

"알겠어요."

"그럼 다음 안건으로 넘어가죠. 내야수는……."

선동인 감독은 선수 선발에서 자신의 목소리를 전혀 내지 못했다. 그 누구 하나 자신의 의견에 신경 써주지 않았다. 그렇다고 독불장군식으로 나갈 수도 없었다.

협회를 등지면 그만큼 지원이 줄어들기 때문이었다.

선동인 감독은 그저 잔뜩 굳어진 표정으로 자리만 지킬 뿐이었다.

8월 12일부터 열리는 자카르타 아시안게임에 참가하는 야구 국가대표 선발진이 최종 발표되었다. 대표 팀 감독으로 선동인 감독이 선임되었고 선발 위원진으로 구성된 위원들이 국가대표 선발을 책임졌다.

그리고 오늘 최종 엔트리가 발표되었다.

최종 엔트리 기사가 뜨자마자 박동희가 빠르게 인터넷을 검색했다.

"진짜야?"

박동희는 믿어지지 않았다.

"아니, 왜?"

박동희는 선수 선발 명단을 다시 한번 꼼꼼히 살펴보았다. 역시 그곳에서 구현진의 이름은 찾아볼 수가 없었다.

6월 1차에 구현진의 이름이 올라갔을 때부터 어느 정도 기대하고 있었다. 그런데 2차에 올라가서는 선발 명단에 포함되지 않고, 보류 선수로 분류되었다.

만약 선발진에 부상자나 다른 문제가 발생했을 시 구현진이 투입하겠다는 의미였다. 하지만 선발진에 별다른 문제는 없었고, 그대로 최종 엔트리까지 올라갔다.

그 결과 구현진은 최종 엔트리에서 탈락하게 된 것이다.

따지고 보면 그때의 성적이 좋지는 않았다. 하지만 지금은 성적이 올라가고 있었고, 3경기 연속 빼어난 투구를 선보이고 있었다.

박동희의 표정에는 실망감이 가득했다. 그리고 구현진에게 시선을 보냈다.

"하아……. 현진이가 실망하겠는데."

구현진은 그 사실도 모른 채 승리 인터뷰를 마치고 더그아웃에 돌아왔다. 박동희는 그곳에서 어색한 웃음을 짓고 있었다. 박동희는 구현진을 따뜻하게 맞이했다.

"수고했어, 현진아."

"아, 수훈 선수 인터뷰를 연속으로 하니 이제 지겨운데요."

구현진은 너스레를 떨며 장비를 챙겼다. 그런 구현진을 향해 박동희가 말했다.

"인터뷰는 잘만 하드만."

"에이, 그 정도는 해야죠. 전 프로니까요!"

"그래, 잘했다."

박동희는 말하는 내내 표정이 매우 불편해 보였다. 구현진이 챙기던 장비를 그대로 두고 물었다.

"뭐예요?"

"뭘?"

"지금 형 표정이 안 좋네. 말해봐요. 무슨 일 있어요?"

"아아, 현진아……. 그게, 안 좋은 소식이 있어."

"안 좋은 소식요?"

구현진의 표정 역시 굳어졌다.

"설마 아버지한테……."

"아, 아니야."

"그럼 뭔데요?"

"그게 말이야……. 너 아시안게임 대표 팀에서 탈락했다."

구현진은 한동안 말이 없었다.

"아, 그래요……."

구현진의 대답에 힘이 없었다. 조금 전까지 기뻐하던 얼굴은 온데간데없었다.

"그랬구나, 떨어졌구나. 어쩔 수 없죠. 괜찮아요."

"현진아……."

솔직히 구현진은 아예 기대하고 있지 않았다. 자신이 생각해도 그동안 성적이 너무 좋지 않았다.

하지만 지금은 9승 4패에 평균자책점이 3.75였다. 조금 나아졌다고 생각했다. 그러나…… 탈락이었다. 구현진은 애써 밝은 표정을 지었다.

"제가 조금 부족했나 봐요. 어쨌든 잘되었네요. 지금 팀이 한창 포스트 진출을 위해 노력하고 있는데 지금 상황에서 국가대표로 차출되면 큰일이죠."

구현진은 스스로 위안하려고 노력했다. 박동희는 그런 구현진이 안쓰러웠다.

"실망하지 말고!"

박동희가 구현진을 위로해 주었다. 구현진은 오히려 씩씩하게 말했다.

"나보다 아버지가 더 실망하겠는데요."

"그렇지 않아도 아버지한테서 전화 오고 난리다. 나 무서워 죽겠다."

"후후, 내가 전화 받을게요. 나중에."

그때 스마트폰이 지잉지잉 하고 울렸다. 발신자를 확인해 보니 아버지였다. 구현진이 낮게 한숨을 내쉬었다.

"하아, 진짜! 우리 아버지 양반 되기는 글렀네."

"아버지니?"

"네."

박동희가 피식 웃었다.

"어서 받아봐."

구현진이 고개를 끄덕인 후 통화 버튼을 눌렀다.

"네, 아버지!"

구현진 씩씩하게 전화를 받았다. 그러나 수화기 너머 들려오는 아버지의 말은 거칠었다.

-야, 이놈아. 얼마나 못했으면 대표 팀에서 떨어지노? 그 대표 팀에 만호도 붙는데 말이야.

"네에? 만호가 붙었다고요? 아, 너무하네!"

구현진은 말을 하면서도 입가에 웃음이 번졌다. 그도 그럴 것이 장만호도 차근차근 자신의 입지를 굳히고 있다는 증거였기 때문이다.

사실 장만호는 대표 팀 백업 포수로 들어갔다.

원래 다이노스의 주전 포수였던 김태운이 입대하는 바람에 장만호가 1군에서 출전 기회를 얻었고, 기회를 포착한 만큼 나름 성과를 얻어냈다.

김태운이 군대에 간 사이 다이노스의 주전 포수 자리를 확고히 한 것이었다. 그 결과 국가대표 팀에 승선할 수 있었다.

-그제? 맞제? 아부지도 그리 생각한다. 그런데 말이다. 아들!

"네, 아버지."

-와 그랬노?

"뭐가요?"

-왜 성적이 안 나왔노?

"아, 그건요……."

구현진은 아버지에게 변명 아닌 변명을 늘어놓았다. 언제까지나 자기 아들이 최고라고 믿는 아버지였다. 그런데 구현진은 이번 국가대표 팀에 합류하지 못했다.

아버지는 믿고 싶지 않았던 모양이었다. 그래서 전화기에 대고 막 쏟아부었다. 구현진 역시 마음이 편치는 않았지만, 아버지의 마음을 알기에 그저 듣기만 했다.

-아, 협회 나쁜 놈의 새끼들! 눈이 삐었네, 삐었어! 야구는 1도 모르는 새끼들!

가만히 듣던 구현진이 눈을 크게 떴다.

"어? 아버지!"

-와?

"1도 모르는 그런 말을 어떻게 알아요?"

순간 정적이 흘렀다. 아버지는 헛기침을 한 번 한 후 소리쳤다.

-넌 몰라도 돼, 인마! 아무튼, 갈아 마셔도 시원찮을 협회 새끼들!

아버지는 차마 댓글 활동을 하며 배웠다고는 답하지 못했다. 어쨌든 아버지가 난리를 피우니 구현진의 기분도 조금 풀어지는 것 같았다.

"아버지, 나 괜찮아요."

-정말 괘안나?

"네."

-대신에 알제? 너 진짜, 올림픽에도 못 뽑히면…… 어! 알제?

"알았어요. 올림픽에 아버지 꼭 모시고 갈게요."

-오야! 그래야 울 아들이지! 들어가라!

"네, 아버지도 쉬세요."

-오야, 끊는다!

전화를 끊은 구현진은 스마트폰을 바라보며 피식 웃었다. 그러자 옆에 있던 박동희가 물었다.

"뭐라셔?"

"뭐라겠어요. 막 열 내고, 막 쏘아붙이고……."

구현진이 크게 제스처까지 취하며 말을 했다. 그런 구현진을 박동희가 미소를 지으며 쳐다봤다.

구현진은 말을 하다가 어느 순간 멈추었다.

"형, 저 이번에는 뽑히지 못했지만, 올림픽에는 꼭 뽑히고 말 거예요."

"그래! 노력하자."

"네."

구현진이 가방을 챙겨 일어났다. 그러자 박동희가 그 가방을 빼앗아 들었다.

"형이 들어줄게."

"아뇨, 괜찮은데……."

"오늘 고생했잖아."

박동희가 구현진의 가방을 들고 나갔다. 구현진이 미소를 지으며 그 뒤를 따라갔다.

[2018년 자카르타 아시안게임 야구 대표 팀 선발 최종 엔트리 발표!

투수: 총 13명.

〈우투수〉 원종환, 정우림, 손승록, 우규만, 장시호, 이대운, 박세웅.

〈좌투수〉 이현승, 장원진, 차우창, 양현중, 박희수.

포수: 총 2명.

양의진, 장만호.

내야수: 총 8명.

〈우타자〉 김재호, 허경인, 최장, 김하정, 김태곤, 이대후.

〈좌타자〉 오재헌, 서건충.

외야수: 총 5명.

〈우타자〉 박건호.

〈좌타자〉 최형수, 한동만, 손아섭, 박해만

ㄴ엥? 구현진이 없네? 왜?

└메이저리그에서 펄펄 날아다니고 있구만, 왜 안 뽑아?

└협회가 점점 미쳐가고 있네.

└헐, 지난 WBC 전철을 밟으려고 그러는 거냐! 이제 제발 정신 좀 차리자!

└올해 메이저리그 신인 최고 탈삼진 기록! 9승 4패, 평균자책점 3.75. 현재 탈삼진 부분 5위! 메이저리그에서 이 정도 했는데도 못 뽑힌단 말이야? 도대체 얼마나 잘해야 국가대표 팀에 뽑히는 건데. 이 돌대가리, 협회 밥충들아!

└딱 보니 국내 위주로 뽑았네. 답답하다! 저렇게 아시안게임에 나가서 예선 탈락하면 베스트가 아니었습니다. 이런 말 하려고?

└아니지, 굳이 아시안게임에 전력을 다할 필요가 없다고 하는 거겠지.

└그래도 구현진은 넣었어야지. 난 구현진이 던지는 모습을 보고 싶단 말이야.

└거대한 외국인들을 삼진으로 돌려세우는 구현진의 모습! 까악! 너무 멋지지 않음?

└지금 당장에라도 구현진을 넣어라! 넣어라!

협회 홈페이지가 마비될 정도로 야구팬들의 목소리가 높았다. 협회 사람들은 모두 걱정하는 표정들이었다.

"여론이 너무 좋지 않아."

"이거 정말 구현진을 뽑아야 하는 거 아냐?"

"어떻게 해야 하지?"

"하아……. 답답하네."

그때 협회 사무실 문이 열리고 대표 팀 감독으로 내정된 선동인이 모습을 드러냈다.

"어? 감독님이시다."

모든 협회 직원이 선동인 감독을 보았다. 그는 평소와 달리 정장을 말끔하게 차려입고 있었다.

"잠시 나갔다가 오겠네."

"어디 가시는 것입니까?"

"선수 선발 위원회에 좀 들러야 할 것 같아."

"아, 네. 다녀오십시오."

"다녀오겠네."

선동인이 비장한 얼굴로 협회를 나섰다. 협회 직원들은 하나같이 걱정스러운 표정을 지었다.

"아, 이거 한바탕 폭풍이 몰아치겠는걸?"

3.

선수 선발 위원회 회의장은 다소 무거웠다.

그 누구도 말하지 않고, 무거운 침묵 속에 서류를 넘기는 소리만 들릴 뿐이었다. 그러던 중 선동인 대표 팀 감독이 먼저 마이크를 잡았다.

“최종 엔트리가 나왔다는 것은 알고 있습니다. 하지만 다시 한번 선수 선발을 검토해 주시기 바랍니다.”

그러자 선발 위원회 위원 중 하나인 박동필 위원이 마이크를 잡았다.

“아니, 재검토를 하나마나죠. 거기 서류를 제대로 보신 건 맞죠? 제대로 봤다면 성적이 좋지 않다는 것쯤은 알고 계실 테고, 그런데 왜 자꾸 이름을 거론하십니까?”

“지금 그 말이 아니지 않습니까. 다시 한번 검토를 해달라고 말씀을 드리는 겁니다.”

“이미 최종 엔트리까지 나왔는데, 다시 검토하라고 하시니까 드리는 말씀입니다. 성적도 좋지 않은 애를 자꾸 뽑으시려는 의도가 무엇입니까? 그 녀석한테 무슨 책 잡힌 것이라도 있어요?”

“위원님!”

선동인 감독이 눈을 부릅떴다.

“그렇지 않고서야 왜 자꾸 그 친구 이름을 꺼내는지 모르겠습니다. 안 그렇습니까, 위원님들?”

“자자, 진정들 해요. 우리 서로 헐뜯으려고 이 자리에 있는 것이 아니지 않습니까."

가만히 듣고 있던 김운식 고문 위원이 두 사람을 진정시켰다.

"선동인 감독."

"네."

"자네가 무슨 말을 하는지 잘 알고 있네. 그러나 구현진은 아직 어리고 불안하네. 물론 젊은 선수인 것도 맞고 구현진이 지금 잘하고 있다는 것도 알고 있네. 하지만 메이저리그에서 한두 경기 잘 던졌다고 해서 데려다 쓰면 국내에 있는 선수들은 어떻게 생각하겠는가? 국내에 있는 선수들의 사기도 생각해야 하지 않겠나."

김운식 고문 위원의 말도 틀리지 않았다. 선동인 감독도 그 부분을 생각하지 않은 것이 아니었다.

하지만 선동인 감독은 당장 성적을 내야 할 입장이었다.

"말씀은 잘 알겠습니다. 그러나 우리 대표 팀은 지금 우승을 목표로 하고 있지 않습니까. 만약에 떨어지면 그땐 어떻게 해야 합니까?"

"자넨 벌써 그 생각부터 하나?"

"그래도 최악의 경우를 생각해서 하나둘 맞춰야 하지 않겠습니까."

그러자 박동필 위원이 끼어들었다.

"흣, 선동인 감독님. 뭔가 큰 착각을 하고 계신데요. 올림픽이 아니라 아시안게임입니다. 아시아에서 우리보다 강한 팀이 일본 말고 어디에 있습니까? 솔직히 아시안게임에 일본은 아마로 진출하고, 제대로 상대할 팀은 대만밖에 없지 않아요? 국민들도 금메달을 그냥 주우러 간다고 하는데 인제 와서 앓는 소리 하면 안 되죠."

박동필 위원의 말에 선동인 감독도 물러서지 않았다.

"어디, 경기가 뜻대로 됩니까? 변수는 어떤 경기에나 있는 법이고 그것을 줄이는 것이 저와 위원회가 할 일이 아닙니까. 그러기 위해서라도 대표 팀 구성을 최대한 좋게 꾸리는 것이 좋다고 생각합니다."

"그 최고가 꼭 구현진만은 아니지 않습니까. 제 의문은 왜 굳이 구현진 선수를 원하시는지 입니다."

선동인 감독과 박동필 위원은 좀처럼 의견을 좁히지 못했고 두 사람의 목소리는 커져만 갔다. 결국, 곁에 있던 김운식 고문이 중재에 나설 수밖에 없었다.

"그만! 그만들 해요. 두 분 말씀 다 옳습니다. 하지만 어쩌겠어요. 이미 최종 엔트리가 언론을 통해 나갔고, 욕먹을 만큼 먹었지 않습니까. 인제 와서 구현진을 뽑는다는 것은 말이 안 됩니다. 좀 더 지켜보도록 하죠."

"크험!"

박동필 위원이 팔짱을 끼며 헛기침을 했다.

김운식 고문 위원의 말에 선동인 감독도 더 이상 자기주장만을 내세울 수는 없다고 생각했다.

"잘 알겠습니다."

선동인 감독은 더 이상 할 말이 없었다. 자리에서 일어나 선수 선발 위원회를 쭉 훑어보았다.

"위원회의 뜻은 잘 알겠습니다. 하지만 두고 보십시오. 구현진은 앞선 3번의 경기에서 경기력을 완벽히 회복했습니다. 아마 이번 시즌이 끝날 때까지 유지할 수 있겠죠. 그때 가서 후회하지 마십시오."

"크흠."

선동인 감독의 말에 박동필 위원이 불편한 기색을 드러냈다.

"그리고 장담합니다. 이런 식으로 운영되었다간 국가대표팀 성적은 형편없을 겁니다. 그럼 수고하십시오."

선동인 감독이 인사를 하고 회의장을 나갔다.

"저, 저 선동인 감독!"

"아니, 국가대표 감독이라는 사람이 저런 말을……."

"거참!"

위원들은 저마다 혀를 차며 한마디씩 했다.

하지만 김운식 고문 위원만은 매우 심각한 얼굴로 팔짱을 꼈다.

그리고 선동인의 말이 씨가 되었을까?

아시안 대표 팀 출국 당일 아침.

스포츠 신문기사에 구현진에 관한 기사가 막 쏟아져 나왔다. 새벽에 있었던 내셜널스와의 경기 때문이었다. 이 경기가 이토록 주목받은 이유는 그 경기가 내셜널스의 에이스인 막스 슈어져와 구현진의 맞대결이었기 때문이었다.

[구현진, 8월의 쾌투는 계속 이어져!]

[오늘 내셜널스의 에이스 막스 슈어져와의 맞대결에서 승리는 챙기지 못했지만 팽팽한 경기로 맞서!]

[구현진, 6경기 호투!]

[내셜널스의 막스 슈어져와 대등한 경기! 에인절스의 신성 구현진!]

현지 언론들도 극찬했다.

[좌완 구현진의 압도적인 투구에 미국 현지 언론들이 '최고의 투구'였다고 극찬을 아끼지 않았다.

구현진은 에인절스타디움에서 열린 미국 프로야구 메이저리그 내셜널스와의 홈경기에 선발 등판해 7이닝 3피안타 1볼넷 12탈삼진 무실점으로 호투했다.

상대 투수는 내셔널스의 에이스 막스 슈어저였다. 막스 슈어저 역시 1실점 했지만, 탈삼진 11개를 뽑아내며 분전했다. 하지만 구현진만큼은 아니었다.

비록 승리 투수가 되지는 못했지만, 팀은 3-2로 승리를 거두었다. 구현진의 평균자책점은 3.49에서 3.29로 내려갔다.

구현진은 체인지업과 슬라이더로 내셔널스의 타선을 공략했고, 패스트볼 구속도 시속 156㎞/h를 꾸준히 유지했다.]

어딜 가나 구현진의 뉴스로 도배가 되고 있었다.

그런 가운데 인천공항에서는 야구 대표 팀이 출정식을 하고 있었다. 수많은 취재진의 카메라 세례를 받으며 대표 팀 선수들은 미소를 잃지 않았다.

하지만 모든 일정을 마치고 출국장 안으로 들어갔을 때는 모두 표정이 좋지 않았다. 선동인 감독부터 코칭스태프들까지 하나같이 무거운 침묵을 유지한 채 출국 수속을 밟았다.

자카르타로 향하는 비행기 안 중간 세 좌석에 박세웅, 양현중, 장원진이 나란히 앉았다. 그중 박세웅이 태블릿으로 기사를 확인했다.

"헐! 또야?"

"왜? 뭔데?"

옆에 있던 양현중이 물었다. 그러자 박세웅이 태블릿을 내밀었다.

"이거 봐요, 형! 현진이가 또 이겼어요."

양현중이 기사를 확인했다. 그는 씁쓸한 표정을 지었다.

"뭐, 요즘 잘나가긴 하더라."

"잘나가요? 완전 잘나가는 거죠! 이거 봐요. 무려 상대 투수가 막스 슈어져에요. 이런 녀석을 상대로 7이닝 무실점이면 엄청난 거죠. 아나, 자꾸 부담스럽게…… 이기네."

"부담돼?"

"그럼 형은 부담 안 돼요?"

"에효, 왜 안 그러겠냐?"

양현중도 답답하기는 마찬가지였다.

원래 야구 대표 팀 엔트리가 발표되었을 때도 말이 많았다. 팬들은 구현진을 선출하지 않은 위원회를 탓했고 하루에도 수십, 수백 개의 글이 올라왔었다.

그런 상황에서 구현진이 호투를 이어가고 있었다. 대표 팀으로 뽑힌 선수 입장에서는 부담이 될 수밖에 없었다. 구현진을 대신하여 선출된 본인들이 조금이라도 실수하면, 팬들의 비난을 한 몸에 받을 수도 있었기 때문이었다.

"그냥 현진이가 뽑혀야 했지 않았나?"

그때 장원진이 나서며 말했다.

"나, 지금이라도 가지 말고, 현진이 오라고 할까? 응? 그래 주라! 나 진짜 무서워서 공 못 던지겠다."

장원진의 앓는 소리에 양현중이 눈을 크게 떴다.

"형은 지난번에 금메달 따서 그러는 거잖아요."

"아? 그랬나?"

장원진이 짐짓 모른 척했다.

그러자 박세웅이 나섰다.

"와, 형 그러면 안 되죠!"

양현중에 이어 박세웅까지 가세하자 장원진이 두 사람을 째려보았다.

"이것들이 쌍으로 몰아붙이네. 내가 서러워서……."

장원진이 짐짓 슬퍼하는 눈이 되었다.

"장난치지 마요."

"들켰냐?"

"훤히 보이거든요."

"아무튼, 어린 것들이 속아주지도 않아요. 뭐, 어쨌든 우리가 잘해야 해. 특히 너, 세웅이! 잘해!"

"엥? 왜 갑자기 날 걸고넘어져요?"

"앞으로 차세대 국가대표 원투펀치는 너랑 구현진 아냐?"

"어? 그렇게 되나?"

양현중도 가세했다.

"그러네! 그렇게 되겠네! 너 이번에 잘해야겠다."

"어? 젠장! 구현진 이놈, 나중에 대표 팀에 뽑히기만 해봐. 내가 두고두고 괴롭혀 줄 테니까."

박세웅이 이를 빠드득 갈았다.

그러자 장원진이 실실 웃으며 말했다.

"너 그러기만 해봐, 아주! 아님, 오늘부터 나랑 방 같이 쓸래?"

"에이 형, 왜 그러세요?"

"그러니까, 현진이 괴롭히지 마!"

"칫, 왜 갑자기 없는 현진이 편을 들고 그래요?"

"내 직감이 말이야. 현진이랑은 꼭 친해져야 한다고 강하게 말하고 있단 말이야."

"어라? 형도 그래요? 나도 그런데?"

"그치!"

장원진과 양현중이 서로 의기투합하며 실실 웃었다. 그런 두 사람을 보며 박세웅은 어이없는 표정이 되었다.

"헐……."

늦은 시각 구현진은 거실 소파에 앉아 TV로 자카르타 아시안게임을 시청하고 있었다. 그때 물 마시러 나온 혼조가 구현진을 보며 말했다.

"야, 안 자?"

"……."

구현진은 아시안게임 개막전에 푹 빠져 있었다. 혼조가 가볍게 한숨을 내쉬며 구현진 곁으로 다가갔다.

"빨리 자라고! 아직 보고 있으면 어떻게 해!"

"개막전만 보고."

"너 내일 등판이잖아. 경기에 지장 줄 거야?"

혼조의 말에 구현진이 리모컨을 들었다.

"알았어!"

TV를 끈 구현진은 리모컨을 내려놓고도 쉽게 일어나지 못했다.

그 옆에 혼조가 앉았다.

"왜? 미련이 남아?"

"미련이 안 남는다면 거짓말이겠지."

"있잖아, 그런 걸로 너무 신경 쓰지 마. 현진이 네가 아직 경험이 없어서 그런 거잖아. 경험이야 쌓으면 되는 거고. 이미 지난 일이니까 너무 얽매이지 마."

"알고 있어. 하지만……."

"그래! 나도 충분히 이해해. 내가 생각하기에도 넌 충분히 국가대표가 될 만해. 떨어져서 아쉽겠지. 나 같아도 그럴 것 같아. 하지만 그렇다고 이미 다른 일이 된 아시안게임에 미련을 두고 있을 때야? 우리 팀도 매일매일 중요한 경기를 하고 있는데. 알잖아, 우리 팀이 지금 중요한 시기라는 걸. 포스트 시즌에 나가야 하는데 더욱 열심히 해야지."

"알고 있어. 미안하다, 걱정 끼치게 해서."

구현진이 애써 미소를 지으며 말했다.

"그래, 일단 아시안게임은 잊고 팀부터 생각하자."

"알았어."

"아참! 그런데 너 이대로 나가면 신인왕 탈 것 같던데?"

"에이, 무슨 신인왕이야."

구현진이 손사래를 쳤다. 하지만 은근히 기분은 좋았다.

"후훗, 신인왕에 욕심은 있나 봐?"

"솔직히 욕심이 없다면 거짓말이지."

"가만있자. 12승이니까 여기서 승수만 조금만 더 올리면 신인왕 확정인데 말이야."

"그게 어디 내 맘대로 되나?"

"하긴 넌 정말 승운이 안 따라. 그래도 내일 잘해서 꼭 이기자!"

"그래!"

두 사람은 서로의 손을 맞잡았다.

"이제 자러 가야지!"

"같이 잘까?"

"미쳤냐! 난 남자에게 관심 없거든!"

구현진이 몸을 부르르 떨며 서둘러 자기 방으로 들어갔다. 그 모습을 보는 혼조가 피식 웃었다.

"야, 나도 여자가 좋거든!"

다음 날 구현진의 상대는 어슬레틱스이었다.

이날 구현진은 아시안게임에 못 나간 것을 분풀이라도 하는 듯 어슬레틱스를 상대로 9이닝 1실점 완투승을 거두었다.

에인절스의 타자들도 초반에 6점을 뽑아줘 구현진의 어깨를 가볍게 해주었다.

완투승 경기를 펼친 구현진을 보고 중계진들이 저마다 한 마디씩 했다.

-오늘의 구 역시 완벽한 투구였습니다.

-네, 9이닝 104구에 1실점입니다. 1실점도 2회 초에 나온 홈런이었습니다.

-실투였죠?

-네, 몸쪽으로 붙인다는 것이 살짝 가운데로 몰렸습니다. 그것을 놓치지 않았죠.

-그 이후부터는 삼진을 쏟아내며 타선을 막아냈어요.

-네, 자신이 왜 신인왕을 받아야 하는지 그것을 증명하는

투구였습니다.

-그렇군요. 구의 신인왕은 거의 떼놓은 당상이군요.

-그렇다고 봐야죠. 2위와의 격차가 너무 납니다.

-네, 아메리칸 신인왕 경쟁은 이제 끝났습니다.

-맞습니다. 이제 구와 경쟁할 신인은 없습니다.

-에인절스는 정말 대단한 투수를 얻었습니다.

오늘도 역시 구현진이 수훈 선수로 인터뷰를 했다.

"목표가 있다면 무엇입니까?"

"에인절스는 한창 포스트 시즌 진출을 위해 노력하고 있습니다. 남은 경기도 최선을 다해 포스트 시즌 진출에 힘을 보태도록 하겠습니다. 그리고 당연히 최종 목표는 월드 시리즈 우승입니다."

구현진은 당차게 자신의 목표를 얘기했다.

"그럼 개인적인 목표는 없나요?"

"꾸준히 열심히 하다 보면 성적은 자연스럽게 따라온다는 생각이 듭니다."

"마지막으로 신인왕에 대한 욕심은 없습니까?"

"평생 한 번밖에 못 타는 상이기 때문에 솔직히 욕심이 나죠. 하지만 신인왕에 욕심을 내기보다는 팀을 위해 열심히 하겠습니다."

"네, 말씀 감사합니다."

구현진은 인터뷰를 마치고 더그아웃으로 향했다.

이 인터뷰를 본 에인절스 팬들이 곧장 댓글을 달기 시작했다.

ㄴ봤냐? 봤냐고! 이게 바로 우리 에이스의 인성이지!

ㄴ요새 구현진이 던지는 투구를 보면 커쇼나 다를 게 없어! 정말 호쾌하다니까.

ㄴ커쇼? 지금 장난해? 아무리 그래도 커쇼급은 아니다. 오바 좀 하지 마라!

ㄴ내가 보기에도 그렇다. 그냥 반짝하는 것뿐이다. 구현진은 롤코일 뿐이야!

ㄴ롤러코스터 같은 소리 하지 마! 구현진은 진짜야! 직접 봤으면서 그러냐? 부러우면 부럽다고 해!

ㄴ지랄! 부럽기는 개뿔!

ㄴ이봐! 여기에서는 에인절스 팬만 말하라고. 어디서 듣보잡들이 와서 물을 흐려!

급기야 팬들끼리 서로 말싸움까지 벌였다. 그러다가 또다시 야구 얘기로 빠져들어 갔다.

ㄴ솔직히 구현진 아니었으면 감히 포스트 시즌 진출을 생각이라도 했겠어?

ㄴ맞아! 그건 동감! 구현진이 후반기에 바짝 끌어올려 주니 동시에 선발진이 안정되었지!

ㄴ참! 구현진은 만날 혼조랑 배터리를 이루더라.

ㄴ님아, 혼조랑 호흡이 잘 맞아서 그래요. 지금 딱 보면 몰라요? 성적이 말해주고 있잖아요.

ㄴ오오오, 구현진이랑 혼조! 환상의 배터리지. 게다가 혼조도 경기할 때마다 은근히 안타도 치고 타점도 올리던데.

ㄴ역시 답은 혼조야! 이번에 온 토니 와그너는 너무 못하고 있어.

ㄴ맞아, 이제 간간이 혼조가 다른 투수들과도 호흡을 맞추던데. 따지고 보면 혼조랑 맞춘 후부터 다른 투수들도 성적이 좋아지고 있어.

ㄴ헐, 이러다가 주전 포수가 교체되는 거 아님?

ㄴ이미 교체되었다고 봐야지.

ㄴ팀의 연승은 구현진이 잘 던진 것도 있지만 혼조의 출장시간이 많아진 요인도 포함되었다고 봐야겠지?

ㄴ이건 내 개인적인 생각인데. 주전 포수로 데려온 토니는 너무 못해! 너무 설렁설렁한다는 느낌이 들어!

ㄴ그건 나도 동감!

ㄴ나돈데?

ㄴ아, 다들 나랑 같은 생각이구나.

ㄴ이런 식이면 내년에는 구현진 2선발이 당연하겠지?

ㄴ에이! 무슨 소리야. 팀을 포스트 시즌으로 진출시킨 구현진이 당연히 에이스지!

ㄴ자자! 봤지? 마이크 감독은 구현진을 꼭 포스트 시즌 선발로 낙점해야 해!

ㄴ당연한 소리!

구현진에 의해 팀 승리가 늘어났다. 게다가 팀이 이기니 자연스럽게 연승도 많아졌다. 그리고 지금 팀은 포스트 시즌을 바라보고 있었다.

몇몇 팬은 로스터 확장에 대한 기대감을 품기 시작했다.

ㄴ그런데 9월 로스터 확장 때 누가 올라올까?

ㄴ걔 잘한다던데. 이름이 누구더라? 야수인데……. 아는 사람 이름 좀 올려봐!

ㄴ누굴 말하는 거야? 아무리 그래도 투수를 올려야지. 지금은 포스트 시즌 진출이 결정되는 중요한 시기라고. 마지막 경기를 두고 있는데 당연히 불펜을 강화시켜야지!

ㄴ아! 나 그 이름 알아. 그 내야수 이름이 호세였나?

구현진과 혼조는 훈련을 마치고 집에 와 있었다. 오랜만의 원정경기를 소화하고 집에 복귀한 것이다.

"와! 장장 보름 만에 집에 오네."

구현진이 짐을 던져놓고 그대로 소파와 한 몸이 되었다.

"야! 짐 정리하고 쉬어!"

"조금만 쉬고 하면 안 될까?"

구현진이 소파에 몸을 파묻으며 말했다. 그 모습을 보던 혼조가 한숨을 내쉬었다.

"으이구, 못 살아! 딱 10분 만이다."

"알았어!"

혼조는 자신의 짐을 들고 방으로 들어갔다. 구현진은 소파에 누워 있다가 곧바로 자리에서 일어나 노트북을 켰다. 그리고 자카르타 아시안게임 야구 결과를 확인했다.

자카르타 아시안게임 야구 예선.

A조에 속한 대한민국은 첫 경기로 태국과 경기를 했다. 경기를 지켜보는 모든 사람이 대한민국이 태국을 어렵지 않게 콜드게임으로 이길 것이라 생각했다.

선발 역시 장원진이었다.

그런데 장원진이 제구력 난조를 보이며 초반부터 불안하게 출발했다. 볼넷과 안타로 2점을 주고 시작했다. 다행히 대한민국은 안타와 볼넷, 몸에 맞는 공, 상대 실책 등을 통해 타자 일순하며 8점을 얻어냈다.

그 뒤로도 장원진은 마찬가지였다. 4회에 또다시 안타와 홈런으로 2점을 내주었다. 그리고 5회 차우창이 등판해 다시 1점을 내줬다.

그사이 대한민국 타자는 3회 말 선두타자가 내야 안타로 출루한 후 타자들의 안타와 볼넷으로 다시 4점을 달아났다. 그리고 6회에 다시 3점을 얻어 15 대 5로 7회 콜드 승을 거두었다.

승리했지만 대표 팀 분위기는 좋지 않았다. 최약체 태국을 상대로 선발이 점수를 내줬다는 이유였다. 그것도 5점이나 말이다. 그나마 위안은 타자들이 점수를 뽑아줬다는 것이었다.

자칫 잘못했다간 국제 대회에서 큰 망신을 당할 뻔했다. 아니, 태국에게 점수를 줬으니 충분히 망신을 당했다고 봐야 했다.

대만과의 예선 2차전 선발은 양현중이었다.

양현중 역시 대만 타자들에게 고전을 면치 못했다. 양현중은 5회까지 3실점을 했다. 하필 타자들도 점수를 2점밖에 뽑아주지 못했다. 다행히 타자들이 분발하여 8회 초에 4점을 올리며 역전에 성공했다.

하지만 대만 역시 만만히 물러서지는 않았다. 9회 말 1점 차까지 쫓아와 대한민국은 7 대 6으로 간신히 승리를 거두었다.

예선 3차전은 홍콩과의 대결이었다.

홍콩 역시 약체로 평가받는 나라였고, 선발로 출전한 박세웅이 6회까지 무실점 호투를 펼쳤다. 그사이 대한민국은 홍콩을 난타해 처음으로 7회 10 대 0 콜드게임 승을 거두었다.

준결승전에서는 B조 2위인 중국을 상대했다.

대표 팀은 준결승 선발로 장원진을 내세웠다. 그런데 대한민국 타자들이 중국의 선발을 공략하지 못하고 6회까지 2 대 1로 끌려갔다.

7회 말에 겨우 한 점을 올려 2 대 2 동점을 만들었다. 그리고 9회 말에 손아숍의 2루타와 이대후의 끝내기 안타로 3 대 2로 겨우 이기고 결승전에 진출했다.

마지막 결승전은 대만을 꺾은 일본이었다.

일본은 사회인 야구 출신과 프로 2군으로 구성된 팀이었다. 그런 팀이 대만을 꺾었다는 것은 이변이었다.

일본은 준결승전에서 대만을 이긴 그 기세로 결승전에서 대한민국을 상대했다. 선발 차우창이 일본을 상대로 5회까지 4실점을 하는 동안 대한민국은 고작 2점밖에 얻지 못했다.

6회부터는 박세웅이 나와 8회까지 던졌다. 다행히 무실점으로 막아냈지만, 대한민국 타자들은 점수를 뽑아내지 못했다.

8회 말 일본 투수가 바뀌면서 대한민국의 답답했던 공격이 제대로 풀렸다. 4득점을 하며 6 대 4로 역전했다. 그리고 9회 초 마무리 손승록이 깔끔하게 세 타자를 막아내며 우승을 했다.

하지만 이번 자카르타 아시안게임 야구 대표 팀의 우승은 뭔가 많이 불안했다. 특히 선발진의 붕괴가 많이 아쉬웠다. 뉴스에서는 구현진 선발을 두고 계속해서 말이 나왔다.

짐을 정리하고 밖으로 나온 혼조가 소파에 앉아 노트북을 보고 있는 구현진의 곁으로 갔다.

"어? 야구 대표 팀 금메달 땄네. 축하한다!"

"뭐……."

"뭐야? 왜 그렇게 덤덤해?"

"야, 솔직히 일본이 베스트 전력도 아닌데 당연히 이겨야 하는 거 아냐?"

"하긴 그건 그래!"

혼조가 재일교포라고 해서 무조건 한국을 응원하는 것은 아니었다. 일본에 살고 있기 때문에 일본을 응원할 수밖에 없었다. 그렇다고 대한민국을 응원하지 않는 것도 아니었다.

그저 대한민국이 잘하길 바랄 뿐이었다.

"그건 그렇고 요새 말 많더라!"

"무슨 말?"

"사실 집으로 돌아오는 길에 잠깐 뉴스를 확인했거든."

"그랬냐?"

"그래! 그런데 거기서 네 이름이 많이 거론되더라. 대한민국 선발진이 붕괴되었다고, 금메달도 간신히 땄다고 하던데?"

"아, 그래?"

구현진은 짐짓 모르는 척 대답했다. 그런 구현진의 모습을 보고 혼조 역시 더 이상 묻지 않았다.

그사이 구현진의 시선은 다시 스포츠 뉴스로 향했다.

[대한민국 야구 대표 팀 아시안게임 금메달!]

[금메달은 땄지만 어딘지 모르게 불안했던 대표 팀!]

그 밑에 네티즌의 반응이 실시간으로 올라왔다.

└와, 씨팔! 진짜 똥줄 타게 이겼다.

└진짜 이럴 거면 아시안게임 군면제 박탈하라고. 허접들 상대로 저렇게 아슬아슬하게 이겨야 하나? 일본은 프로선수도 아니던데?

└에이, 우승했으면 됐지!

└봐봐, 구현진 안 데리고 가더니 딱 봐! 선발진 완전 붕괴되고, 엉망이던데?

└지금 구현진 메이저리그에서 날아다니고 있잖아! 구현진만 있었어도 이렇듯 똥줄 타지는 않았을 텐데.

이런 댓글들을 본 구현진 역시 복잡한 심경이었다. 국가대표 팀의 어려움과 위기가 괜히 자신을 가치를 올리는 데 이용

되는 것 같아 괜히 기분이 이상했다.

'어렵게 풀어나갔지만 우승했으면 됐지. 하지만 내가 뛰었다면 좀 더……'

구현진은 왠지 미련이 남았다. 그러나 이내 고개를 세차게 흔들었다.

'아니야, 지금 난 시즌에 집중해야 할 때야. 포스트 시즌에 진출에 힘을 쏟아야지.'

구현진이 속으로 생각을 정리하고 있을 때 혼조가 말을 걸어왔다.

"맥주 한잔할래?"

"맥주? 좋지!"

"알았어. 내가 가져올게!"

혼조가 부엌 냉장고로 가서 맥주 두 병을 꺼내왔다. 병마개를 딴 후 구현진에게 건넸다.

"자, 어쨌든 대한민국이 금메달 딴 것을 축하하며!"

"그래!"

구현진이 미소를 지으며 병을 부딪쳤다. 그리고 곧바로 입으로 가져갔다.

"크으, 시원하다! 몸의 피로가 싹 가시는 것 같아."

"후후후. 그 말엔 공감!"

구현진과 혼조는 다시 맥주병을 부딪친 후 한 모금을 마셨다. 그리고 맥주병을 내려놓고 진지한 얼굴로 구현진이 물었다.

"참! 내일부터 메이저리그 로스터 확장이지?"

"그렇지."

"누가 올라올까?"

"호세가 왔으면 좋겠다!"

"나도……. 그보다 호세는 잘 지내고 있으려나?"

"그러게……."

두 사람은 잠시 시간이 멈춘 듯 말이 없었다. 그러다가 구현진이 스마트폰을 꺼내 들었다.

"전화라도 해볼까?"

"그래 볼까?"

"그래. 그동안 연락도 자주 못 했는데 이럴 때 해보는 거지."

구현진이 호세에게 전화를 걸었고 통화음이 들렸다. 통화음이 길게 이어지고 구현진은 전화를 받지 못한다는 안내 메시지를 들을 수 있었다.

"전화를 안 받는데."

"그래? 무슨 일 있나?"

"나도 잘 모르겠네."

그때 딩동 하고 초인종 소리가 들렸다. 두 사람의 고개가 동시에 현관 쪽으로 향했다.

"이 시간에 누구지?"

"글쎄."

구현진이 자리에서 일어나 현관으로 걸어갔다.

"누구세요?"

구현진의 물음에도 밖은 너무 조용했다. 구현진은 잔뜩 긴장한 얼굴로 다시 물었다.

"누구세요? 동희 형이에요?"

"……."

구현진이 조심스럽게 문의 잠금장치를 해제했다. 그러자 갑자기 문이 활짝 열리며 누군가가 소리쳤다.

"서프라이즈!"

구현진은 화들짝 놀라며 경계태세를 취했다. 그리고 앞에서 있는 남자를 보고 놀라고 말았다.

"야아……."

"누군데?"

혼조도 걱정이 되어 현관 앞으로 나왔다. 현관 앞에는 호세가 환한 표정으로 손을 흔들고 있었다.

"하하하! 얘들아 안녕!"

"야! 너 뭐야?"

혼조 역시 호세를 발견하고 놀란 토끼 눈이 되었다. 호세는 히죽 웃으며 두 사람에게 말했다.

"나 무지 반갑지?"

"그, 그건 그런데……."

구현진은 솔직히 너무 당황스러웠다. 방금 호세 얘기를 했고, 9월 로스트 확장 때 어쩌면 호세가 올라올지도 모른다고 예상은 했다. 그런데 이렇게 빨리 나타날 것이라고는 전혀 생각지 않았다.

"나, 이대로 밖에 세워둘 거냐?"

"아, 미안. 들어와!"

"그럼 실례합니다."

호세가 캐리어를 들고 집 안으로 들어왔다. 그는 들어오자마자 집 내부를 확인했다.

"이야, 여기서 둘이 살아?"

그러자 혼조가 나서며 말했다.

"당분간만."

"그렇구나, 좋네!"

간단히 집 내부를 구경한 호세가 캐리어를 두고 소파로 가서 앉았다. 곧이어 구현진과 혼조가 다가왔다.

"어떻게 올라온 거야?"

"맞아, 어떻게 된 거야?"

호세가 피식 웃으며 말했다.

"뭘 어떻게 돼? 당연히 내가 올라와야지. 안 그래?"

"그런 그렇지만……."

구현진과 혼조는 동시에 말을 하면서 서로를 바라보았다.

사실 호세 브레유는 트리플 A에서 빼어난 활약을 펼쳐서 올라올 수밖에 없는 상황이었다.

호세는 트리플 A에서 125게임을 뛰며 18홈런 73타점 타율 0.293, 출루율 0.487을 기록하고 있었다.

언론에서도 호세를 특급 유격수로 2루와 3루까지 볼 수 있는 멀티 내야수로 말하고 있었다. 게다가 강하고, 빠르며 좋은 선수로서 게임 중 여러 부분에서 좋은 모습을 보여줄 수 있을 거라고 언급했다.

혼조와 구현진 역시 호세가 잘한다는 사실을 알고 있었다.

그사이 구현진과 혼조가 서로 눈빛을 주고받았다.

"어험! 에인절스 수준 많이 떨어졌다!"

"맞아. 나도 조금 실망스러운데?"

호세는 순간 당황했다. 반갑게 맞이해 줘야 할 녀석들이 갑자기 이상한 말을 늘어놓았다.

"뭐, 뭐야? 왜 그래?"

"아니, 말이 그렇잖아. 고작 그 정도 실력 가지고 콜업을 시키다니 말이야."

"내 말이. 에인절스가 급하긴 급했나 보다."

구현진과 혼조는 호흡을 딱딱 맞춰가며 호세를 놀리기 시작했다.

호세의 표정이 점점 굳어졌다.

"야! 너희, 말 다 했냐?"

"아직 할 것 많지. 하지만 여기서 끝낼게!"

혼조가 아주 얄밉게 말을 했다. 그런 혼조를 보며 호세가 눈을 부라렸다.

"와, 니들 서운하다. 나 갈래!"

호세는 금방이라도 눈물을 보일락말락 하며 소파에서 벌떡 일어났다. 캐리어를 잡고 나가려 했다. 그러자 구현진이 곧바로 일어나 호세를 붙잡았다.

"야야, 농담이야, 농담!"

"야, 야. 좀 놀렸다고 가면 어떡하냐."

"야! 너희……."

구현진이 호세에게 다가가 환한 미소로 말했다.

"어서 와! 메이저리그 입성을 축하한다!"

혼조도 다가왔다.

"정말 축하한다!"

호세는 미지근한 반응을 보이며 두 친구를 바라보았다.

"진짜?"

"야, 인마 진짜지! 그럼 가짜겠냐?"

"우리가 네가 올라오길 얼마나 기다렸는데!"

그제야 호세의 표정이 조금 풀어졌다.

"고맙다!"

"고맙긴. 정말 반갑다."

"그래!"

호세는 진심으로 축하해 주는 구현진과 혼조의 모습을 보니 눈가에 눈물이 살짝 맺혔다.

"자식들……."

그때 혼조가 박수를 치며 말했다.

"맞다! 이러고 있을 때가 아니지?"

혼조가 곧바로 냉장고로 가서 샴페인을 꺼내왔다.

"널 위해 준비했어."

"날 위해서?"

"그래! 네가 올라올 것을 알고 미리 준비했지!"

"얘들아……."

호세는 조금 전 자신을 놀렸던 것은 금세 잊고 얼굴이 환해졌다. 곧바로 샴페인을 터뜨리며 호세의 콜업을 진심으로 축하해 주었다.

25장
메이저리거의 무게

I.

"야, 이거 너무 감동이잖아!"

호세가 샴페인을 한 모금 마시며 말했다.

"뭐야? 별거 아니야."

"그런데 있잖아. 네가 이렇게 빨리 올 줄은 몰랐어. 케이크도 준비했는데, 그게 내일 오기로 했거든."

"케이크도 준비했어?"

"당연하지!"

"에이, 넌 왜 이렇게 일찍 올라왔어?"

"미안해. 나 나갔다가 내일 다시 올까?"

"아니야. 뭔 소리야?"

"후후, 나도 농담이야."

그렇게 세 친구는 샴페인을 마시며 희희낙락거렸다. 그러기를 잠깐 구현진이 진지한 표정이 되었다.

"얘들아!"

구현진이 부르자 혼조와 호세가 바라보았다.

"드디어 우리의 꿈이 이루어졌다."

"맞아. 이곳에서 함께하자고 했던 것이 이루어졌네."

"그래. 이렇게 된 거 우리 힘으로 우승 한번 해보자고!"

"그래! 우승 뭐 별거 있어? 하는 거야!"

세 사람은 다시 한번 샴페인 잔을 부딪치며 자축했다. 호세가 감동한 얼굴로 구현진과 혼조를 보았다.

"고맙다. 나 혼자 뒤처지는 건 아닌가 하고……. 니들이 날 잊으면 어쩌나 난……."

호세가 울먹이며 두 사람을 안았다.

구현진과 혼조도 미소를 지으며 호세를 안아주었다.

그리고 두 사람을 떼어낸 호세가 주먹을 불끈 쥐며 소리쳤다.

"좋아! 우리 진짜 해보자고! 어? 9월 신인이고 우승이고!"

"좋아! 파이팅!"

그렇게 세 사람은 의지를 다졌다.

2.

경기가 한창 진행되고 있는 에인절스의 더그아웃.

한쪽 구석에 호세가 앉아 있었다. 호세는 콜업이 된 후 일주일째 한 경기도 출전하지 못하고 있었다. 그저 동료들이 활약하는 모습을 벤치에서 지켜볼 뿐이었다.

호세의 메이저리그 데뷔가 무제한 연기된 것도 이유가 있었다. 현재 에인절스가 연승가도를 달리고 있었던 것은 아니다. 그렇다고 연패를 하고 있지도 않았다.

한 번 이기면, 한 번 지고를 계속해서 반복하고 있었다. 그나마 다행인 것은 구현진은 꾸준히 잘 던지고 있다는 것이었다.

하지만 구원 등판한 불펜들이 구현진의 승리를 말아먹었다.

그래서 승패를 기록하지 못하는 경기도 종종 있었다. 구현진을 제외한 선발진들의 컨디션 난조와 타선의 침묵, 이 모든 것이 겹쳐 에인절스를 힘들게 하고 있었다.

이런 와중에 서부 지구 2위 팀인 레인저스가 연승을 하며 야금야금 쫓아왔다. 결국, 에인절스와 2게임 차가 되었다. 팀이 이런 상황이니 신인을 출전시키기는 것은 힘든 일이었다.

호세 역시 팀의 사정을 알았기에, 아쉽지만 참고 있었다.

그런데 주전 유격수 안드레이 시몬스의 상태가 심상치 않았다. 최근 일주일 동안 컨디션이 뚝 떨어져 있었다.

타격도 12타수 무안타에 실책은 무려 5개를 기록하고 있었다. 급기야 마이크 오노 감독이 면담을 신청했다.

안드레이 시몬스가 감독실 문을 두드렸다.

똑똑!

"들어오게."

안드레이 시몬스가 문을 열고 안으로 들어갔다. 마이크 오노 감독은 그를 발견하고 하던 일을 멈추었다.

"부르셨어요?"

"여기 앉지."

안드레이 시몬스가 자리에 앉았다. 마이크 오노 감독이 진지한 얼굴로 물었다.

"단도직입적으로 묻겠네. 요즘 자네 왜 그러나? 무슨 일 있어? 솔직하게 말해보게."

"아무 일 없습니다."

"정말 별문제 없어?"

"네, 감독님. 기분 탓입니다."

"내 기분 탓? 진심이야?"

마이크 오노 감독이 살짝 황당한 표정을 지었지만, 이내 고개를 끄덕이며 말했다.

"좋아, 내 기분 탓일 수도 있어. 하지만 자네 지금 12타수 무안타에 지난 일주일 동안 실책만 5개를 범했어. 그것도 결정적인 실책들을 말이야. 그럼 그건 어떻게 설명할 거지?"

마이크 오노 감독의 물음에 안드레이 시몬스는 답을 하지 못했다.

"……."

안드레이 시몬스가 굳어진 표정으로 고개를 숙였다.

"지금 우리 팀이 힘들다는 것은 잘 알고 있을 거야. 이런 상황에서 자네가 솔직하지 못한다면 팀에 피해를 주는 거네. 솔직하게 말해줘야 해."

마이크 오노 감독이 직접적으로 말했다. 그러자 안드레이 시몬스가 머뭇거리더니 천천히 입을 열었다.

"후우. 솔직히 일주일 전 경기 때 슬라이딩하다가 오른쪽 손목에 부상을 입었습니다."

"부상? 그 얘기를 왜 이제 하지?"

"팀이 어려우니까. 나도 팀에게 보탬이 되고 싶었어요. 그런데 손목에 신경을 쓰다 보니 내 플레이가 나오지 않은 모양이에요. 이렇게 안 될 줄은 정말 몰랐어요."

안드레이 시몬스도 팀에 도움이 되고 싶었다. 그래서 아픔을 참고 노력했지만, 결과가 좋지 못했다. 오히려 팀에 마이너스 효과를 가져다주었다.

마이크 오노 감독은 그런 안드레이 시몬스의 마음을 알기에 조용히 말했다.

"너는 우리 팀의 주전 유격수야. 네가 그동안 팀을 위해 헌신했던 것에 대한 고마움이 있는데, 잠깐 쉬어가면 어때? 백업이 괜히 있는 거야?"

"죄송합니다. 저의 이기적인 생각이었습니다."

안드레이 시몬스가 진심을 사과했다.

"그래, 일단 좀 쉬어. 손목 치료도 하고. 자네가 포스트 시즌에 뛸 수 있도록 꼭 자리를 마련해 놓을 테니까 안심해."

"네, 감독님. 알겠습니다."

안드레이 시몬스가 고개를 끄덕이며 자리에서 일어났다. 마이크 오노 감독이 가볍게 고개를 끄덕였다.

그날 마이크 오노 감독과 코칭스태프들이 한자리에 모였다. 이들은 내일 안드레이 시몬스가 부상으로 빠진 자리를 채울 선수에 대해 논의했다.

"자! 어떻게 할까? 누굴 올려?"

"호세로 가시죠. 지금 상황에서는 호세만 한 대안은 없습니다."

"호세가 잘할 수 있을까?"

"일단 트리플 A에서도 준수한 성적을 올렸고, 충분히 통할 것으로 예상합니다."

"어쨌든 호세를 믿고 가야죠. 어쩌겠어요."

"그래, 알았네. 당분간은 호세로 밀고 가세."

마이크 오노 감독 역시 결정을 내렸다.

그리고 다음 날 게시판에 오늘 경기 라인업이 올라왔다. 호세는 여느 때와 다름없이 구장으로 출근했다.

"야야, 오늘 라인업 올라왔어."

선수들이 우르르 게시판으로 향했다. 호세 역시 꿀을 찾는 벌처럼 게시판으로 이끌렸다. 선수들 틈을 비집고 들어가 선발 라인업을 확인했다.

"너 있냐?"

트리플 A에서 같이 올라온 투수가 옆에 있었다.

"넌 있냐?"

"아니, 오늘은 없네."

"그래?"

호세는 별 기대 없이 라인업을 확인했다. 1번 타자부터 하나하나 쭉 확인하면서 내려갔다. 그러다가 6번 자리에서 낯익은 이름을 발견했다.

[호세 브레유.]

"어? 내 이름?"

호세는 혹여 자신이 잘못 봤나 싶어서 재차 확인했다. 다시 확인해 봐도 호세 브레유라 적힌 이름은 변함없었다.

"와! 진짜야?"

호세 브레유는 놀란 토끼 눈으로 저도 모르게 두 팔을 올리며 만세를 외쳤다.

"와우! 제기랄! 진짜? 정말 내 이름이 올라 있는 거야?"

호세는 그 자리에서 펄쩍펄쩍 뛰었다. 라인업에 자신의 이름이 올라가 있는 것이 믿어지지 않았다.

"드디어! 드디어 내 이름이 올라갔어! 나 선발 출장이야."

그러자 옆에 있던 동료들이 반갑게 축하해 주었다.

"축하해."

"열심히 해!"

"좋겠다!"

경기에 출전하지 못하는 동료들이 부러운 눈빛으로 호세의 메이저리그 첫 데뷔를 축하해 주었다. 호세는 일일이 그들에게 고마움을 표시했다. 그러다가 문득 떠오른 생각에 주위를 빠르게 두리번거렸다.

"가만 이 녀석들이 어디 있지? 어디 간 거야?"

호세는 구현진과 혼조를 찾기 시작했다.

"야! 구! 어디 있어? 구! 구! 혼조……."

호세는 구현진과 혼조를 부르며 복도를 뛰었다.

드디어 호세가 메이저리그 첫 데뷔를 앞두고 있었다.

3.

오전 11시 구현진은 운동장을 가볍게 뛰고 있었다.

"하아, 하아."

가쁜 숨을 몰아쉬며 운동장을 돌았다. 그때 더그아웃에서 튀어나온 호세가 반갑게 구현진을 불렀다.

"구! 구!"

구현진은 뛰던 것을 멈추고 대답했다.

"왜?"

"나 오늘 경기 선발로 나가!"

호세는 잔뜩 들뜬 표정으로 말했다. 구현진의 눈이 커졌다.

"진짜?"

"그래, 방금 선발 라인업 보고 왔어. 나 6번 타자 유격수야."

"잘됐다!"

"그치?"

호세는 흥분을 감추지 못했다. 아니, 안절부절못한다는 것이 더 정확했다.

"왜 그래?"

"아니, 갑자기 가슴이 쿵쾅쿵쾅 뛰네."

"이해해. 나도 그랬으니까."

"너도?"

"그럼! 그러니까, 충분히 이 상황을 즐겨! 그 수밖에 없어."

구현진의 조언에 호세가 가볍게 고개를 끄덕였다.

"나 정말 잘할 수 있겠지?"

"당연하지! 넌 잘할 수 있을 거야."

"그, 그래……."

구현진의 응원에도 호세는 약간 두려움을 내비쳤다. 하지만 이것 또한 호세가 넘어야 할 산이었다.

4시간 후 경기 시간이 다가왔다.

2위 팀 레인저스와의 홈경기였다. 포스트 시즌 진출을 놓고 경기를 펼치는 만큼 매우 중요한 대결이었다.

-오늘은 아메리칸 리그 서부 지구 1위 팀 에인절스와 2위 팀 레인저스의 빅 매치입니다.

-네, 그렇습니다. 에인절스는 현재 팀 분위기가 좋지 않고요. 레인저스는 벌써 7번째 연속 승리를 올리며 연승가도를 달리고 있습니다. 분위기가 매우 좋죠. 이대로라면 에인절스는

레인저스에게 역전당할 수도 있어요.

-그것을 막기 위해 오늘 선발로 구가 나서지 않습니까? 지난 경기에서도 구는 레인저스를 상대로 빼어난 투구를 펼쳤어요.

-하지만 그때와 지금은 상황이 다르죠. 에인절스의 타선 컨디션이 너무 좋지 않아요.

-그래도 지켜볼 수밖에 없습니다.

-아, 그리고 오늘 에인절스의 선발 출전 명단에 새로운 이름이 올라와 있네요. 호세 브레유 선수입니다.

-호세 브레유는 이번 9월 로스터 확장 때 콜업된 선수입니다. 현재 유망주 전체 랭킹 1위에 올라와 있는 선수입니다.

-오늘 올라온 보고에 의하면 주전 유격수 안드레이 시몬스의 손목 상태가 좋지 않다고 하네요. 이 선수가 투혼으로 출전을 감행했으나, 마이크 오노 감독이 쉬는 걸을 권유했습니다.

-에인절스는 포스트 시즌을 바라보고 있어요. 주전 유격수의 공백이 매우 클 것입니다. 오늘 선발 라인업에 오른 호세 브레유가 잘해줘야 합니다.

-과연 호세 브레유가 잘할 수 있을까요?

-트리플 A에서 125게임을 뛰며 18홈런 73타점 타율 0.293, 출루율 0.487을 기록하고 있어요. 수비는 다소 불안하지만, 공격력 하나는 뛰어납니다.

-그렇죠. 수비 불안만 아니었다면 벌써 콜업이 되고도 남았던 선수입니다. 그리고 오늘이 중요합니다. 수비를 잘해야 돼요. 특히 구현진 같은 선수는 체인지업이 좋기 때문에 땅볼 타구가 많이 나와요. 유격수와 2루수 수비가 엄청 중요한데 어떻게 될지 모르겠네요.

-일단은 기대를 걸어봐야겠죠.

중계진들이 얘기를 나누고 있는 사이 연습구를 다 받은 혼조가 마운드를 방문했다. 내야수끼리는 공을 주고받으며 호흡을 맞추고 있었다.

그런데 호세가 조금 흥분한 모양이었다. 공을 던질 때도 힘찬 고함과 함께 송구했다. 가볍게 통통 뛴다고 하지만, 지켜보는 사람은 왠지 딱딱해 보였다.

가까운 곳에 송구할 때도 꽤 박력 있게 던졌다. 구현진이 불안한 시선으로 그 모습을 지켜보고 있었다.

"하아, 왜 저렇게 오버하면서 던질까?"

"나름대로 긴장을 풀려고 그러겠지."

"아니, 왠지 오늘 크게 사고 칠 것 같은 분위기인데?"

"에이, 잘하겠지! 믿어보자."

"알았어."

혼조가 공을 건네주고 곧바로 포수 자리로 뛰어갔다. 자세를 잡자 레인저스 1번 타자 추신우가 천천히 좌타석에 들어섰다. 그러자 에인절스 수비진들의 이동이 있었다.

일명 추신우 쉬프트가 발동된 것이다. 좌타석에 들어선 추신우는 극단적으로 잡아당기는 스타일이었다. 그래서 3루수가 유격수 쪽으로, 유격수가 2루수 베이스 뒤쪽으로, 2루수가 1루 쪽에 가까이 붙어서 수비했다.

'추신우 선배는 선구안이 좋지? 어쭙잖은 공으로는 절대 방망이를 끌어낼 수 없어.'

이 얘기는 어젯밤 혼조랑 충분히 대화를 나눴던 부분이었다. 그래서 혼조 역시 알고 있었다. 혼조가 타석에 선 추신우를 응시했다.

'일단 바깥쪽 빠지는 포심! 애매하게 던져!'

구현진이 가볍게 고개를 끄덕인 후 자세를 잡았다. 그리고 포수 미트를 향해 힘껏 던졌다.

후앗!

공은 정확하게 포수 미트에 파고들어 갔다.

퍼엉!

하지만 추신우의 방망이는 꿈쩍도 하지 않았다. 초구 볼을 기록한 구현진은 공을 건네받고 다시 투구판을 밟았다. 혼조가 똑같은 코스로 공을 요구했다. 이번에는 정말 아슬아슬하게 스트라이크에 걸치는 공이었다.

'역시 빡빡한 코스로 요구하네.'

제구가 좋은 구현진에게는 가능한 코스였다. 하지만 그만큼 집중력이 요구되는 코스이기도 했다. 구현진이 다시 힘껏 공을 던졌다. 공은 정확하게 포수 미트를 향해 날아갔다.

그런데 추신우가 갑자기 기습번트를 시도했다.

딱!

타구가 3루 방향으로 흘렀고 추신우 쉬프트로 수비진이 치우쳐 있던 에인절스는 제대로 된 수비를 해낼 수 없었다.

유격수 자리에 있던 3루수 파누 에스코바가 이를 악물고 뛰어 공을 낚아챘지만, 이미 추신우가 1루 베이스를 밟고 지나간 뒤였다.

"이런……."

수비 쉬프트를 뚫어버리는 기습번트였다.

구현진은 약간 허탈한 표정을 지었다. 추신우가 그 모습을 보며 피식 웃었다.

"한 수 배웠습니다."

구현진이 1루에 있는 추신우를 보며 말했다.

"다시는 안 통할 거라는 말로 들린다?"

"그럼요. 또 당하지는 않을 겁니다."

지지 않으려고 아무렇지도 않은 척했지만, 구현진은 속았다는 생각에 마음이 편치는 않았다. 어쨌든 수비 쉬프트를 허무는 기습번트였다.

노아웃. 주자를 1루에 둔 채 구현진이 2번 타자 엠버 앤드루스를 상대했다.

초구 몸쪽으로 들어가는 스트라이크를 던진 후 2구는 바깥쪽으로 빠지는 볼. 3구째는 다시 몸쪽으로 휘어지는 슬라이더로 헛스윙을 만들었다.

2스트라이크 1볼인 상황에서 혼조와 구현진의 선택은 바깥쪽 체인지업이었다.

구현진이 체인지업을 던졌다.

엠버 앤드루스 역시 방망이를 돌렸다.

딱!

방망이가 떨어지는 공의 윗부분을 쳤고 타구가 홈 플레이트 앞에서 크게 바운드 되었다. 뿌연 먼지와 흙의 파편이 공중으로 비상했다. 공은 꽤 높이 올라가 체공 시간이 길었다.

그사이 추신우는 2루에 안착하고 있었다. 구현진이 콜을 외친 후 곧바로 공을 낚아챘다. 2루에 던지고 싶었지만, 혼조가 1루를 가리키며 소리쳤다.

"1루!"

구현진은 약간 아쉬운 표정으로 1루에만 던져 아웃을 시켰다. 구현진이 마운드를 툭툭 찼다. 약간 불만족스러운 표정을 지었다. 그러자 혼조가 곧바로 마운드를 방문했다.

"왜 그래?"

"2루 잡을 수 있었는데."

"아니야. 아슬아슬했어. 이런 상황에서는 안전하게 가자. 아직 1회 초야. 모험은 하지 말자."

혼조가 차분하게 말했다.

"아니야. 저 정도면 충분히 잡을 수 있었어."

"야, 만에 하나라는 것을 생각해. 2루 못 잡았으면 1회부터 위기였다고."

"혼조, 오늘따라 너무 깐깐해."

"현진아, 오늘 너의 공은 베스트야! 그러니 저런 걸로 아쉬워하지 마."

혼조가 구현진의 구위를 칭찬하자 저도 모르게 미소가 번졌다.

"그래? 그런 거였어?"

"그럼! 다음 타자를 삼진으로 잡자!"

"삼진 좋지!"

혼조는 그런 구현진을 보고 나직이 중얼거렸다.

"아무튼, 칭찬만 해주면……. 저런 걸 보면 꼭 어린애 같다니까."

그사이 3번 타자, 라마 마지라가 타석에 들어섰다.

라마 마지라가 몸쪽을 파고드는 초구를 걷어내며 파울을

만들었다. 2구는 바깥쪽에 걸치는 스트라이크.

구현진은 순식간에 2스트라이크를 만들며, 볼 카운트를 유리하게 이끌었다. 하지만 유인구로 던진 공에 라마 마지라가 속지 않으면서 결국 볼 3개를 내주었고 볼 카운트가 가득 채워졌다.

"갑자기 공을 잘 보네?"

혼조 역시 그런 생각을 가지고 있었다. 하지만 한 번 더 유인구를 던지기로 했다.

'한 번 더 가자!'

구현진이 고개를 끄덕였다.

구현진과 혼조의 선택은 바깥쪽으로 떨어지는 체인지업이었다.

라마 마지라 역시 그 공을 기다리고 있었던 모양이었다. 돌아가는 방망이의 궤적이 정확하게 체인지업에 맞춰져 있었다.

딱!

라마 마지라가 억지로 체인지업의 공을 걷어 올렸다. 공은 구현진의 머리 위로 높이 치솟아 중견수 방향으로 날아갔다. 중견수 매니 트라웃이 곧바로 반응했다. 뒤로 힘차게 뛰어가던 매니 트라웃이 거의 워닝트랙 앞에서 멈추었다.

그리고 글러브를 들어 떨어지는 공을 낚아챘다. 그사이 2루에 있던 추신우가 태그 업을 하며 3루까지 뛰어갔다.

"삼진으로 잡았으면 좋았을 텐데…… 아깝다."

그때 4번 타자 아드리안 벨트가 우타석에 들어섰다. 구현진이 바짝 긴장한 상태로 사인을 기다렸다.

-아, 2사 주자 3루. 타석에는 구에게 강한 면모를 보이는 아드리안 벨트가 들어섰습니다.

-아드리안 벨트는 구에게 홈런도 때려냈었죠.

-그렇습니다. 하지만 최근 분위기는 도리어 구가 압도하고 있습니다. 두 선수의 첫 승부도 벌써 작년이네요. 홈런도 그때 맞았고요. 신고식을 크게 하긴 했지만, 그다음 경기에서는 양 선수 모두 안타와 삼진을 기록했습니다. 또 최근에는 구현진 선수가 아드리안 벨트를 상대로 삼진을 많이 잡아내고 있습니다.

-그래서 이번 대결이 중요합니다. 과연 누구의 승리로 돌아갈까요?

구현진은 상대가 상대인 만큼 정말 어렵게 투구를 가져갔다. 혼조 역시 큰 거 한 방을 경계하며 사인을 보냈다.

구현진은 4구째 공으로 승부를 걸었다.

후앗!

구현진의 결정구라면 바깥쪽 체인지업.

아드리안 벨트의 방망이가 따라 나왔다.

딱!

공은 땅볼이 되며 유격수 쪽으로 굴러갔다.

'됐어! 무실점으로 끝났어!'

구현진은 속으로 끝났다고 생각했다. 그래서 마운드를 내려가려고 했다. 그런데 유격수 호세가 느리게 굴러온 공을 잡고 잠시 주저했다.

그사이 1루로 전력 질주하는 아드리안 벨트와 홈으로 돌진하는 추신우가 눈에 들어왔다. 호세가 글러브 안에서 공을 빼내 1루로 힘껏 던졌다. 그런데 너무 급하게 공을 던지다 보니 스탭이 약간 꼬였다.

"어?"

구현진의 눈이 커졌다.

1루로 송구된 공이 1루수 키를 넘기며 뒤로 빠져 버렸기 때문이었다. 호세의 악송구가 나오며 추신우가 득점에 성공했다.

"오우, 노우!"

아드리안 벨트가 수비 실책으로 1루에 나갔다. 구현진은 허탈한 표정을 지으며 다시 마운드로 올라갔다.

"하아, 무실점으로 끝날 이닝을……."

-아, 이 악송구는 뭔가요?

-첫 메이저리그 첫 수비에서 악송구! 첫 실책을 기록하게 되

는 호세 브레유 선수! 많이 긴장했던 걸까요?

"내 저럴 줄 알았어."

구현진이 호세를 매섭게 째려보았다.

호세는 웃으며 손을 들어 외쳤다.

"미안! 미안! 진짜 미안!"

그런데 구현진의 표정이 좋지 않았다. 실책을 했으면서 너무도 밝게 웃고 있었던 것이다. 그 모습이 못내 마음에 들지 않았다.

"야! 정신 좀 차려. 왜 그래? 너, 너무 들떠 있어. 긴장 좀 하자."

"그래, 알았어!"

하지만 호세는 5번 타자 누네 오도어가 친 유격수 땅볼마저 제대로 포구하지 못했고 타구는 호세의 글러브에 맞고 앞으로 튕겨 나갔다.

"야! 뭐 해?"

호세는 허둥지둥 공을 잡아 1루에 던졌지만, 세이프가 되었다.

-연속 실책을 범하는 호세!

-이거, 이거 투수 구현진, 힘이 빠지겠는데요.

벌써 이닝이 종료되어야 할 시간에 호세의 연속 실책으로 2

사 주자 1, 2루가 되었다. 주지 말아야 할 점수를 줬고, 또다시 실책을 범했다.

구현진은 잔뜩 인상을 구긴 채 호세를 바라보았다.

호세는 여전히 웃으며 미안하다는 제스처를 취했다.

그 모습이 보기 싫었다. 결국, 구현진이 호세에게 버럭 소리를 질렀다.

“야! 너 진짜 똑바로 안 해? 메이저리그가 장난이야?”

구현진의 호통을 듣고 호세는 순간 표정을 굳혔다. 그 모습이 고스란히 카메라에 잡혔다.

-아, 구 선수 화가 단단히 난 모양입니다.

-아마 저라도 화가 났을 것입니다. 정상적이라면 이미 공수가 교대되었을 테니까요. 이런 상황에서 두 번이나 실책을 저지르니 구로서는 정말 힘이 빠질 수밖에요.

-물론 그렇습니다만, 구의 행동이 보기 좋지는 않아요.

-두 선수가 너무 친해서 그럴 수도 있어요.

구현진은 잔뜩 굳은 얼굴로 투구했다. 6번 타자 마크 나폴리를 5구 만에 슬라이더로 삼진을 잡아내며 1회 초를 끝냈다.

호세가 더그아웃으로 들어와 구현진에게 사과했다.

“미안해!”

"됐어!"

구현진이 차갑게 말을 하며 벤치로 가서 앉았다. 호세가 민망한 얼굴이 된 채 고개를 숙였다. 그 모습을 본 혼조가 구현진에게 다가갔다.

"왜 그래? 실수할 수도 있지."

"실수를 한 번도 아니라 연속으로 두 번이나 했잖아."

"처음이라서 그렇지."

"처음을 떠나서 저 녀석, 실수했는데 실실 웃고 있잖아! 저런 식으로 했다가는 메이저리그에서 살아남지 못해. 긴장감이 전혀 없잖아."

"하긴, 저 녀석이 너무 낙천적이긴 하지. 그런데 주눅 들어서 플레이가 굳어버리면 어떻게 하지?"

"메이저리그가 어떤 곳인 줄은 알아야지. 여기가 놀이터도 아니고 말이야. 저런 식으로 놀다가 감독 눈 밖에 나서 쫓겨나면 자기만 손해잖아."

"알아, 알지만……."

"안드레이 시몬스가 이적을 한 것도 아니야. 겨우 10일짜리 DL인데 그 안에 어필하지 못하면 어쩌겠다는 거야. 너도, 나도, 겪어봐서 알잖아."

구현진의 호통에 혼조는 가만히 고개만 끄덕였다. 그러다가 힐끔 호세를 바라보았다. 호세는 시무룩한 얼굴로 앉아 있었다. 혼조가 호세 옆으로 갔다.

"왜 이렇게 풀이 죽어 있어!

"아, 아냐……."

"야, 현진이가 일부러 그런 건 아니야. 표현이 거칠긴 했지만, 다 너 생각해서 한 말인 거 알지?"

"알아. 구한테 화난 거 아냐."

"그럼?"

"나한테 화가 난 거야!"

"정말? 진심으로?"

"농담하지 마. 나 지금 심각해!"

"그런데 너 왜 그렇게 실실 웃어."

"그럼 어떡해? 거기서 울어? TV로 보고 있을 부모님한테 내가 우는 모습을 보여줘야겠어?"

"하긴 그건 아니지. 이해는 한다! 너도 현진이를 이해해 줘."

"이해해. 충분히! 두고 봐. 내가 어떻게든 만회할 테니까."

호세가 의지를 불태우며 다짐했다.

그사이 경기는 계속 이어졌다. 다행인지 불행인지 호세에게 가는 타구는 몇 개 되지 않았다. 그나마 가던 공도 실책 없이 처리했다.

물론 다소 매끄럽지 않지만 말이다.

구현진도 그 후로 이렇다 할 말을 하지 않았다. 무엇보다 구현진이 삼진 퍼레이드 모드로 들어갔기 때문이었다.

-아, 구현진 선수 오늘도 좋습니다. 또다시 삼진으로 잡아냅니다.

-구의 삼진이 다시 살아났어요.

-네! 현재 탈삼진 3위에 올라와 있어요. 1위와는 약 18개 차이. 충분히 따라잡을 수 있어요.

-전 오늘 구가 삼진을 몇 개 잡는지 지켜볼 것입니다. 13개를 기록하면 단독 2위에 올라설 수 있어요.

-과연 2위에 올라설 수 있을까요?

그리고 구현진은 8회까지 총 투구수 107개 1실점 삼진 13개를 기록하며 마운드를 내려왔다.

더그아웃으로 돌아온 구현진은 벤치에 앉아 수건으로 땀을 훔쳤다.

그 옆으로 투수코치가 다가왔다.

"구, 수고했어."

투수를 교체하겠다는 의미였다.

"코치, 저 더 던질 수 있어요!"

"안 돼! 투구수가 107개야. 더 이상은 무리야."

"엥? 벌써 그렇게 됐어요? 난 이제 90구 정도 던진 것 같았는데요."

"아니야. 정확하게 셌어."

투수코치가 카운터 숫자를 보여주었다. 하지만 구현진은 고개를 가로저으며 부정했다.

"아니, 잘못된 것 같은데요. 코치님 눈이 침침하신 거 아니에요? 분명 잘못 카운트하신 거예요."

"후, 어디 나랑 같이 세어볼까?"

"아뇨."

"나랑 같이 세어보고 내가 맞으면 마이너리그 콜?"

구현진이 고개를 세차게 흔들었다.

"왜 자꾸 그런 걸로 내기를 걸어요. 치사하게!"

"네 녀석이 자꾸 욕심을 부리니까 그렇지."

"이기고 싶어서 그래요. 이기고 싶었어요. 최근 두 경기 모두 아무것도 없이 물러났잖아요. 오늘까지 이러면 저 너무 억울하다고요."

구현진의 말을 들은 투수코치가 고개를 끄덕였다.

"알아, 네 심정! 아는데, 이런 경기도 있고 저런 경기도 있는 거야. 오늘 정말 잘했어. 구, 넌 정말 최고야!"

투수코치가 엄지를 올리며 칭찬해 줬다. 그러자 구현진의 입가가 스르륵 올라갔다.

"진짜요?"

"그래! 이 정도면 충분하니까. 이제 쉬어."

"코치님께서 그리 말씀해 주신다면야……. 알겠어요."

"그래!"

그때 매니 트라웃이 다가왔다.

"구! 아직 끝나지 않았어. 이번 회, 내 타석인 거 알지?"

"알죠. 그런데 오늘 3타수 무안타인 거 알죠?"

"젠장, 그 얘기를 지금 꼭 해야겠어? 기운 빠지게!"

"치세요. 치면 돼요."

"그렇지? 날 믿어!"

"넵. 믿습니다. 한 방 날려주세요."

"알았어. 홈런 날려주지!"

"믿을 사람은 트라웃뿐입니다."

구현진이 양손 엄지를 올리며 매니 트라웃에게 힘을 북돋아주었다. 그리고 구현진은 곧바로 두 손 모아 간절히 빌었다. 구현진의 응원이, 아니, 간절한 기도가 통했을까?

매니 트라웃이 상대 팀 중계 투수의 떨어지는 커브를 잡아당겨 좌월 솔로 홈런을 쏘아냈다.

그 순간 더그아웃에 있던 구현진이 펄쩍펄쩍 뛰었다.

"오오, 트라웃! 역시 나의 우상! 당신밖에 없어요."

매니 트라웃이 더그아웃으로 들어오자, 구현진이 곧바로 그에게 달려가 안기며 뽀뽀 세례까지 감행했다.

"야야, 남자끼리 이게 무슨 짓이야!"
"예뻐서 그러죠. 예뻐서!"
"야, 두 번 예뻤다간 침대에 들어오겠다!"
"헉! 벼, 변태! 난 여자 좋아하거든요."
구현진이 정색을 하며 말했다. 그러자 오히려 매니 트라웃이 놀랐다.
"뭐, 뭔 소리야. 나도 여자 좋아해!"
"농담이에요."
"너, 이 자식……."

호세 역시 매니 트라웃이 홈런을 치자 부럽다는 눈으로 바라보았다.
"역시 대단해! 멋져!"
호세는 매니 트라웃에게서 시선을 떼지 않았다. 구현진은 그런 호세의 모습을 지켜보고 있었다. 구현진은 잠깐 생각을 하더니 호세 옆으로 갔다.
"뭘 그렇게 멍하니 있어."
"어? 아, 어…… 트라웃 멋지다."
"너도 멋있어질 수 있어."
"나도?"
"그래, 멋지게 한 방 날리면 돼!"

"그럴까?"

"그래! 네가 언제부터 의기소침했다고. 원래처럼 까불까불 하는 것이 네 스타일 아냐?"

"하긴 좀 그렇지? 내가 너무 막 조용히 있었지?"

그러자 곧바로 호세의 얼굴이 환해지며 평소의 표정으로 돌아왔다.

구현진은 금세 표정이 바뀌는 호세를 보고 웃음이 나왔다.

"하여간 너도 참 단순해!"

"뭐?"

"아니, 귀엽다고!"

"야, 내가 어딜 봐서 귀엽냐!"

호세가 투덜거렸다. 구현진이 고개를 끄덕인 후 조용히 말했다.

"아깐 좀 미안했다. 너무 후배 대하듯이 했네."

"아니야. 넌 충분히 그럴 수 있었어. 내가 너무 안이하게 플레이했어. 아무튼, 아깐 미안했고, 이제 괜찮아."

"난 벌써 다 풀렸어. 맘 편히 갖고, 너의 스윙을 가져가! 너라면 분명히 안타 칠 수 있을 거야."

"그래, 고마워. 아, 다음이 내 타석이다."

호세가 헬멧과 방망이를 챙겨 자리에서 일어났다.

"야! 한 방 날리고 와!"

"오케이!"

호세가 대기타석으로 나갔다. 그 모습을 본 구현진이 몸을 부르르 떨었다.

"윽, 화장실 가야겠다!"

구현진이 서둘러 화장실로 향했다.

시원하게 볼일을 마친 구현진이 다시 더그아웃을 향해 걸어가는데 관중들의 함성이 들려왔다.

"와아아아아아!"

"뭐야? 누가 안타라도 쳤나?"

그런데 안타를 친 함성과는 좀 달랐다. 구현진은 재빨리 더그아웃으로 뛰어갔다.

"뭐야? 어떻게 된 거야?"

그러자 혼조가 환한 얼굴로 구현진에게 다가갔다.

"야, 호세가 한 건 했다!"

"뭐? 호세가?"

구현진의 시선이 곧바로 그라운드로 향했다. 구현진의 눈에 3루 베이스를 돌고 있는 호세가 보였다. 호세는 홈 플레이트를 밟고 미친 듯이 구현진에게 달려갔다.

손을 내미는 마이크 오노 감독의 손까지 무시하고서 말이다.

"야! 구! 나 한 방 때렸어! 때렸다고!"

구현진 역시 두 팔을 벌려 달려드는 호세를 끌어안았다.

"그래! 봤다! 내가 뭐라고 했어. 너 분명 한 방 칠 줄 알았다니까."

둘이 얼싸안고 좋아하고 난리가 났다.

하지만 동료들은 모두 모른 척하고 있었다. 원래라면 모두 다가와 축하해 주었을 것이다.

그러나 원래 신인이 홈런을 치면 모르는 척하는 것이 관례였다. 지금 동료들은 그러는 상태였다. 그런데 구현진은 그것도 모르고 호세와 기쁨을 나누고 있었다.

중계진 역시 더그아웃의 풍경을 비추며 말을 했다.

-저 모습을 보세요. 트리플 A 동기끼리 아주 신나 하고 있어요. 하지만 다른 동료들은 모른 척하는군요.

-원래 저래야 하는데 구가 너무 기쁜 나머지 잊어버린 모양입니다.

-하하하! 기쁘겠죠. 메이저리그로 올라와 첫 안타가 홈런이니 말입니다. 게다가 구에게 승리를 안겨주는 결승타점이 아닙니까.

-하긴 보기는 좋습니다.

팀 동료들 역시 그제야 몸을 돌려 구현진에게 소리쳤다.

"야, 구! 칭찬해 주면 어떻게 해!"

"너희, 정말 못 말리겠다."

그 말과 함께 뒤늦게 동료들이 다가와 축하해 주었다. 호세는 동료들의 축하를 받으며 입이 찢어지게 웃었다. 그리고 그 날 에인절스는 2 대 1로 승리하며 오랜만에 구현진의 승리가 추가되었다.

구현진은 이로써 14승 6패가 되었고, 호세 브레유가 결승타점의 주인공이 되었다.

그리고 구현진이 14승을 거두며 유현진이 가지고 있던 메이저리그 첫 시즌 14승 기록과 타이를 이루었다.

4.

샤워를 마친 구현진이 수건으로 머리를 훔치며 침대에 걸터앉았다. 그때 책상 위에 놓아두었던 스마트폰이 지잉 하고 울렸다.

"이 시간에 누구지?"

구현진이 스마트폰을 들어 발신자를 확인했다. 유현진에게서 온 전화였다.

"어? 현진이 형이다. 무슨 일이지?"

구현진이 곧바로 전화를 받았다.

"아, 형! 오랜만에 통화하……."

-야, 너 이럴 수 있냐!

구현진이 반갑게 통화를 하려고 하는데 유현진이 대뜸 소리를 질렀다. 구현진은 고개를 갸웃했다.

"잘 지내시죠?"

-나쁜 놈!

"하하, 형. 잘 지내시나 보네요."

-아니, 너 때문에 잘 못 지낸다.

"네? 저 때문에요?"

-그래!

"아니, 왜? 저 때문에……."

구현진은 곧바로 머릿속을 헤집어 찾아보았다. 혹여, 유현진에게 자신이 큰 실수를 한 것은 아닌지 확인을 하기 위함이었다. 그런데 전화 통화도 거의 두 달 만에 했다. 기억을 아무리 뒤져보아도 자신이 딱히 잘못한 기억이 없었다.

"형! 죄송한데요. 제가 뭐 실수했어요?"

-와, 얘 발뺌하는 거 봐라.

"그러니까, 제가 잘못한 게 뭐예요? 알아듣게 얘기해 주세요."

-야, 너 누구 맘대로 14승 하래?

"아, 그 얘기였어요?"

구현진이 피식 웃었다.

그러자 유현진이 팔짝 뛰었다.

-웃어? 지금 형은 심각한데, 웃어?

"미안해요, 형. 어떻게 하다 보니 그렇게 되었네요."

-젠장, 난 죽을 둥 살 둥 해서 겨우 14승 했는데 넌 어떻게 하다 보니 14승? 왜? 15승도 하지?

"에이, 아니에요."

-아니긴 뭘 아냐! 지금 상태라면 충분히 가능하겠네. 한두 경기는 더 할 거 아냐. 그사이에 1승 못 올릴까!

"형, 아무리 두 경기가 남았다고 해도 승리한다는 보장이 어디 있어요. 14승도 겨우 올렸는데요."

-그렇다고 못 한다는 말은 안 하네. 너 자꾸 이런 식으로 할 거야? 가뜩이나 구현진이 유현진을 이겼다는 말이 나오는데, 내 체면이 말이 아니야.

수화기 너머 들려오는 유현진의 목소리에 아쉬움이 잔뜩 묻어나 있었다.

"그래서 형, 서운하세요?"

-서운? 아니, 솔직히 말해서 대견해.

"정말이에요?"

-그래! 인마! 그냥 무조건 열심히나 해! 내가 언제까지 유현진이겠냐. 네가 현진이 해라! 내가 큰 현진 할게!

"안 그래도 리틀 현진으로 불리고 있습니다."

-뭐? 벌써?

"네, 그렇다네요."

-젠장, 벌써 날 넘어서는구나.

"에이, 형을 넘어서는 것은 아직 무리에요."

-그렇지? 아직 멀었지?

"그럼요! 그보다 형은 요즘 어때요?

-나? 요즘 말이야…….

두 사람은 간만에 통화를 해서 그런지 오랫동안 수다를 떨었다. 약 30여 분 동안 통화를 하다가 유현진이 말했다.

-헉! 뭐야? 남자끼리 30분씩이나 통화를 하고 말이야. 여자친구랑도 통화를 안 했는데.

"어라? 형, 여자친구 있었어요?"

-말이 그렇다는 거지! 아무튼, 남자끼리 30분 동안 통화하는 것은 네가 처음이야! 영광으로 알아!

"아, 넵! 잘 알겠습니다."

-알았다. 어쨌든 14승 축하한다. 15승, 16승 다 해라.

"네, 형. 고마워요."

-조만간 월드 시리즈에서 보겠네. 그때까지 살아남아라."

"알겠어요. 꼭 그리 만들겠습니다."

-녀석…… 알았다.

구현진은 유현진과의 유쾌한 통화를 마치고 잠자리에 들려고 했다. 그런데 곧바로 아버지에게서 전화가 왔다.

"아버지?"

-이놈아! 도대체 누구랑 통화를 그리 오래 해!

"아, 현진이 형이랑요."

-현진이? 다저스의 그 현진이?

"네."

-아, 그랬구나.

"그런데 아버지는 왜 전화하셨어요?"

-그야 당연히 14승 축하한다고 전화했제. 모처럼 챙긴 승리 아이가!

"고마워요, 아버지."

구현진은 아버지의 말이 고마웠다. 아버지는 언제나 구현진의 든든한 후원자였다.

-참! 인자, 자는 시간이제?

"네."

-오야, 알았다. 어여 자라! 끊는다!

"아, 아버지……."

뚜뚜뚜뚜…….

"괜찮은데……."

구현진은 이미 끊어진 스마트폰을 바라보며 피식 웃었다. 아버지는 꼭 자기 말만 하고 끊었다.

"고맙습니다, 아버지!"

구현진은 낮게 중얼거린 후 다시 침대에 누웠다. 불이 켜진 천장을 바라보던 구현진이 낮게 혼잣말을 했다.

"남은 두 경기…… 승리할 수 있을까?"

원래 구현진은 15승을 목표로 잡았다. 남은 2경기에서 한 번만 이겨도 목표를 이루는 셈이었다. 그러나 그게 어디 맘처럼 되면 얼마나 좋을까?

"뭐, 하늘이 도와준다면 가능하겠지!"

구현진은 그렇게 중얼거리고는 눈을 감았다. 그리고 얼마 가지 않아 곧 깊은 잠에 빠져들었다.

4일 후 구현진의 등판일.

구현진은 초구를 던진 후 고개를 갸웃했다. 왠지 오늘은 경기가 쉽게 풀리지 않을 것 같다는 예감이 들었다. 결국, 7이닝 동안 3실점을 했다.

결과만 놓고 봤을 때는 호투였다.

하지만 구현진은 만족스럽지 못했다. 공이 자꾸 가운데로 몰렸고, 뜻대로 제구가 되지 않았다. 그나마 수비수들의 도움으로 3실점에 그친 것이 다행이었다.

3 대 3 동점인 상황에서 마운드를 넘겼다. 구현진은 승패는 기록하지 못했지만, 9회 초에 터진 호세의 솔로 홈런으로 다행

히 에인절스가 승리를 챙길 수 있었다.

어쨌든 구현진에게 있어서 이번 원정은 힘들었다.

그리고 마지막 남은 한 경기에서 시즌 15승을 재도전하게 되었다.

-오늘은 구의 시즌 마지막 등판 경기입니다. 과연 15승 도전에 성공해 신인왕에 한 발 더 가까워질 수 있을지, 주목됩니다.

-그렇습니다. 5월 부진 이외에는 에인절스의 선발로서 정말 큰 활약을 했던 구. 기대가 됩니다.

-네, 사실 단 1승 차이지만 느낌은 전혀 다를 수밖에 없습니다.

-아무래도 그렇죠. 15승은 대한민국의 유현진이 기록한 첫 시즌 14승을 뛰어넘는 것이거든요. 유현진의 기록을 후배, 구현진이 뛰어넘는다. 아름다운 일입니다. 무엇보다 선수 개인에게도 큰 의미를 갖는 숫자이기도 하죠.

-그러고 보니 그보다 더 중요한 일이 있었죠. 오늘 에인절스의 매직넘버 2가 사라질지 아닐지가 최대 관건이겠죠. 만약 에인절스가 오늘 경기에서 매너리스를 상대로 승리하고 레인저스가 진다면 매직넘버 2를 뛰어넘어 지구 우승을 확정 짓습니다.

-네, 맞습니다. 오늘 경기는 여러모로 구에게 중요한 경기가 될 예정입니다.

-말씀을 나누고 있는 사이 경기가 곧 시작됩니다.

구현진의 시즌 마지막 경기가 이제 막 시작되었다.

구현진은 매리너스를 맞이해 시즌 15승에 도전했다. 그리고 매리너스의 1번 타자를 맞이했다.

구현진은 혼조의 사인을 받고 글러브를 가운데 모았다. 포수의 미트를 바라본 후 힘껏 던졌다.

구현진이 던진 초구가 바깥쪽으로 꽉 차게 들어갔다.

퍼어엉!

그 순간 주심의 손이 올라갔다.

"스트라이크!"

첫 공이 미트에 들어가고 경쾌하게 울리는 포구 소리에 구현진의 입꼬리가 슬며시 올라갔다.

"오늘 공 나쁘지 않은데?"

구현진은 첫 공 하나로 오늘의 컨디션을 확인했다. 그 뒤로 구현진은 2회 초 4번 타자 네이트 크루저에게 솔로 홈런을 맞은 것을 빼고는 완벽한 투구를 펼쳤다.

그 결과 구현진은 9이닝 1실점 완투를 했다. 삼진은 무려 15개를 잡아내 맥스 슈어저를 삼진 1개 차이로 따돌리며 탈삼진 1위에 오르는 겹경사도 맞이했다.

게다가 시즌 15승에 오르며 신인왕 타이틀의 입지도 완벽하게 구축했다.

이날 구현진의 승리로 에인절스의 매직 넘버 2가 사라졌다. 레인저스의 패배로 인해 에인절스가 아메리칸 리그 서부 지구 1위를 확정했다.

이로써 구현진은 15승 6패, 평균자책점도 2.98을 기록하며, 마지막 경기에서 2점대로 진입했다. 삼진은 오늘 경기에서 15개를 보태 205개로 탈삼진왕에 올랐다.

구현진이 에인절스의 새로운 복덩이가 되는 순간이었다.

5.

서부 지구 1위인 에인절스가 포스트 시즌에 직행했다. 지금은 와일드카드 두 팀이 경기를 펼쳐 포스트 시즌의 나머지 한 자리를 차지하게 되었다.

아메리칸 리그 전체 승률 1위 팀은 양키스였다.

포스트 시즌 대진표는 이랬다.

1위. 양키스

2위. 에인절스

3위. 인디언스

4위. 타이거즈 vs 로열즈의 승자

전체 승률 1위인 양키스는 와일드카드 승리 팀과 대결.

2위인 에인절스는 3위 인디언스와 포스트 시즌을 치른다. 여기서 이긴 팀이 챔피언전에 올라가는 것이었다.

에인절스는 전체 승률 1위를 2게임 차로 안타깝게 놓쳤다.

하지만 전체 승률 2위를 한 것도 대단하다고 봐야 했다.

에인절스 회의실에서는 마이크 오노 감독과 코칭스태프들이 모여 앉아 열띤 회의를 하고 있었다. 그들의 회의 목적은 포스트 시즌 선발진에 대한 것이었다.

"그래서 어떻게 꾸릴 생각입니까? 좋은 의견들 있으면 말씀해 주세요."

타격코치의 말에 먼저 수석코치가 입을 열었다.

"일단은 순리대로 가는 게 좋을 것 같습니다. 1, 2, 3선발을 쓰고, 구를 옵션으로 활용하는 방안으로 가죠. 구는 젊으니까 잘할 수 있을 겁니다."

수석코치의 말에 몇몇 코치가 고개를 가볍게 끄덕였다.

하지만 투수코치가 나섰다.

"아니! 저의 생각은 다릅니다. 구현진은 불펜이 아니라 선발로 써야 합니다. 그래야 활용가치가 높습니다."

"이봐, 투수코치! 말도 안 되는 소리야. 포스트 시즌은 시즌하고 달라! 구는 포스트 시즌을 치르기에는 경험이 부족해!"

"그럼 우리 1, 2, 3선발은 포스트 경험이 많나요? 아니면 믿을 수 있어요? 난 솔직히 못 믿겠어요. 시즌을 치렀지만, 솔직히 1선발 유스메이로 페페를 제외한 투수들은 구보다 승수나 방어율이 현저히 낮아요. 구가 정말 이렇듯 잘해주고 있는데, 불펜으로 넘겨 버리면 아무래도 문제가 될 것입니다."

그러자 수석코치도 지지 않았다.

"내가 누차 말하지 않았나. 포스트 시즌은 경험이라고. 구는 이제 갓 1년 차인 신인이라고. 포스트 시즌에 맞지 않아! 아무도 인정하지 않을걸!"

"구는 이미 한 시즌을 풀타임으로 뛴 어엿한 메이저리거입니다! 팀이 연패하는 와중에도 구만은 항상 제 역할을 해준 것을 잊으셨습니까? 무엇보다 팬들이 구를 원하고 있어요. 구의 성장을 위해서라도, 당장을 위해서라도 구가 선발 출장해야 합니다."

"하나, 구는……."

수석코치가 또다시 말을 하려고 할 때 마이크 오노 감독이 손을 들었다.

"자, 그만!"

수석코치가 입을 다물었다.

마이크 오노 감독이 천천히 입을 열었다.

"내 생각도 투수코치와 같네. 구현진이 선발로 나서는 것이 낫겠어."

"가, 감독님!"

수석코치가 눈을 크게 뜨며 마이크 오노 감독을 바라보았다. 마이크 오노 감독이 수석코치를 보며 말했다.

"자네의 생각이 나쁘다고 말하려는 게 아닐세. 일단 구현진은 불펜 경험이 전무하네. 그런데 이제 와 불펜으로 쓴다고 좋은 결과가 있을 거라고는 장담 못 해. 또한, 구는 은근히 1, 2회에 얻어맞는 편이야. 긴 이닝을 소화할수록 삼진을 포함한 모든 것이 좋아지는 스타일이지. 무엇보다 110구까지 피안타율이 높지 않아! 웬만한 투수들은 80구만 넘어가도 힘이 부족해 피안타율이 증가하는 반면 구현진은 1, 2회만 피안타율이 높을 뿐이야. 그것도 설렁설렁 던져서 그런 것이 아니라. 너무 힘이 넘쳐서 얻어맞는 격이야. 그러니까 불펜보다는 선발로 나서는 것이 맞아."

마이크 오노 감독이 나서서 깔끔하게 정리했다. 어차피 모든 결정은 감독이 내리기 때문이었다.

"알겠습니다. 감독님께서 그리 말씀을 하신다면 그렇게 하겠습니다."

수석코치도 순순히 수긍했다.

"자, 그럼 선발진은 이렇게 꾸리고, 타자들로 넘어가시죠."

이후 마이크 오노 감독과 코칭스태프들은 타자들에 대한 라인업까지 하나하나 회의를 하였다.

한편 그 시각.

구현진은 혼조, 호세와 함께 거실에 앉아 스포츠 관련 뉴스를 지켜보고 있었다. 이제 한창 포스트 시즌이기에 그에 따른 전문가들의 추측이 시작되었다.

"자, 건배!"

"건배!"

"건배!"

세 사람은 맥주병을 부딪친 후 그대로 들이켰다.

"까악, 시원하다. 역시 운동 후 먹는 시원한 맥주는 진리다!"

"공감!"

"나도!"

그렇게 다시 한번 맥주를 한 모금 마신 호세가 입을 열었다.

"애들아, 방금 얘기 들었는데 지금 감독님과 코칭스태프들이 모여서 회의 중이란다."

그러자 혼조가 곧바로 말을 받았다.

"그래? 뭔 회의?"

"당연히 포스트 시즌 선발 회의겠지."

"뭐야? 당연히 현진이가 가야 하는 거 아냐?"

"나도 그렇게 생각하는데."

"뭔 소리야?"

구현진이 손을 흔들고 있을 때 마침 TV에서 포스트 시즌에 관한 각 팀의 선발 얘기를 하고 있었다.

-자! 과연 각 팀은 선발진들을 어떻게 꾸리고 있을까요?"

-정말 잘 꾸려야 합니다. 이 선발 로테이션에 따라 경기 양상이 전혀 달라집니다.

-그럼 먼저 에인절스부터 알아볼까요? 서부 지구 1위인 에인절스는 혜성처럼 등장한 구로 인해 포스트 시즌에 진출할 수 있었죠?"

-맞습니다. 구현진이 있었기에 가능했죠.

그러자 또 다른 전문가가 곧바로 말을 받았다.

-그럼 에인절스의 포스트 시즌 베스트 선발은 바로 나왔네요. 1선발인 유스메이로 페페! 2선발인 파커 브리드 윌, 마지막으로 구현진! 이렇게 올라가는 것이 맞죠!

그 옆에 있던 다른 전문가가 말을 했다.

-저 역시 비슷한 생각입니다. 1선발은 유스메이로 페페로 가고, 2선발 구현진, 3선발은 파커 브리드웰로 가야 합니다.

TV에 나오는 전문가들의 말을 듣고 혼조가 구현진을 툭 쳤다.

"야! 네가 2선발이라네."

"뭐? 2선발? 오오오, 대단해!"

호세 역시 말을 받아 엄지를 올렸다. 하지만 구현진은 고개를 가로저었다.

"에이, 무슨 2선발이야. 3선발이라도 하면 다행이지."

"왜? 뭐? 네가 어때서. 이번 시즌에는 충분히 2선발 몫은 해줬지! 안 그래?"

혼조가 호세를 바라보며 물었다. 호세가 격하게 고개를 끄덕였다.

"당연하지!"

"녀석들…… 말이라도 고맙다."

구현진이 피식 웃을 때 스마트폰이 지잉지잉 울렸다.

"어? 동희 형이네."

구현진이 곧바로 전화를 받았다.

"네, 형. 무슨 일이에요?"

-아, 방금 구단으로부터 연락을 받았거든. 혹시 너한테도 연락이 갔니?

"아뇨? 연락 없었는데요?"

-그래? 다행이네.

"뭐가 다행이라는 건데요?"

-아, 그게 말이야. 너 이번 포스트 시즌에서 선발로 확정됐다!

"선발로? 이야, 진짜 다행이다. 그럼 원정경기 준비하면 되나요?"

구현진은 당연히 3선발인 줄 알았고, 1, 2차전 홈에서 3차전부터는 원정이기에 물었다.

그런데 박동희가 뜻밖의 말을 했다.

-너, 원정 아냐. 홈경기야!

"네? 홈이요? 아니, 왜?"

-왜냐하면 놀라지 마! 네가 바로 2선발이기 때문이야.

"에에? 2선발요?"

-그래! 2선발! 조만간 발표가 날 거야. 어쨌든 홈경기니까, 잘 준비하고 축하한다!

"아, 네……."

구현진은 전화를 끊고 멍한 표정으로 앉아 있었다. 그런 구현진을 보고 호세가 먼저 말을 걸었다.

"뭔데? 뭐야?"

호세가 잔뜩 궁금한 목소리로 물었다. 한국말로 했기에 무슨 말인지 전혀 알아듣지를 못했다. 하지만 혼조는 다 알아들었다.

"야, 내가 잘못 들은 게 아니라면 네가 2선발이라고 말한 것 같은데. 맞아?"

구현진이 고개를 끄덕였다.

"맞아. 내가 포스트 시즌 2선발이래."

"이야, 진짜? 축하한다!"

호세도 그제야 이해하고 얼굴이 환해졌다.

"헐! 진짜 2선발이야? 와우! 포스트 시즌 2차전 선발이라니. 내 친구가!! 정말 축하한다."

혼조와 호세는 진심으로 축하해 주었다.

"고마워……."

구현진은 아직 얼떨떨한 기분이었다.

저 멀리 구현진의 조국인 대한민국에서도 이 같은 사실이 알려졌다.

[대한민국의 구현진 선수, 에인절스 선발진에 낙점!]

그 기사를 제일 처음 본 아버지가 기뻐했다.

"하하하! 현진이가, 현진이가…… 우리 아들이……."

아버지는 너무나 감격스러워 차마 말을 잇지 못했다. 그 옆에 김 여사가 있었다.

"와예, 현진이 기사 떴다면서요."

김 여사가 모니터를 보았다. 거기에는 구현진이 포스트 시즌에서 2선발로 확정되었다는 기사가 있었다. 김 여사는 기사를 보고 같이 기뻐해 줬다.

"어머나! 현진이가 선발로 나서네예. 아이고, 좋아라! 정말 기쁘네예!"

"하모, 난 될 줄 알았다. 우리 현진이가 안 되면 우야노! 당연한 거다. 그런데 김 여사, 니 이게 뭔 줄은 알고 좋아하는 기가?"

"알죠. 제가 왜 몰라요?"

"뭔데?"

"이거 그 잘하는 아들끼리 따로 하는 거 아입니까."

"허허, 그걸 아네."

"서당 개 3년이면 풍월을 읊는다는데 내가 그것도 모르겠습니꺼. 그런데, 2선발입니꺼? 왜 1선발이 아니고, 2선발이라예?"

김 여사의 말을 가만히 듣고 있던 아버지가 허벅지를 쳤다.

"맞네! 1선발이 아니고 왜 2선발이고?"

"지난번에 현진이가 팀에서 제일 잘 던진다고 하지 았았어예?"

"그랬지, 그랬는데…… 이놈들이 지금 인종 차별하는 거 아니야?"

"에이, 설마 그러겠어요?"

"아니야, 맞아! 분명히 차별한 거야. 그렇지 않고서야, 우리 아들이 2선발일 리가 없어. 이것들이 정말……. 실력으로 해야지! 실력으로!"

"그렇죠?"

김 여사가 곧바로 장단을 맞춰주었다.

아버지는 곧바로 스마트폰을 꺼내 손가락을 부지런히 움직였다.

"어데 전화 할라꼬예?"

"있어 봐! 단장 전화번호가 어데 있제?"

아버지는 에인절스의 단장인 피터 레이놀에게 전화할 심산이었다. 그런 아버지의 행동을 보고 김 여사가 말렸다.

"전화해서 뭐 하게요?"

"따질 건 따져야지!"

아버지는 곧바로 허세를 부렸다.

"영어는 할 줄 아는 겁니꺼?"

"영어?"

아버지가 순간 움찔했다. 그러다가 김 여사를 보며 물었다.

"임자는 할 줄 아나?"

순간 김 여자는 임자라는 말에 수줍은 소녀의 얼굴이 되었다.

"아뇨, 아니면 지금 당장에라도 배울까예?"

"지금 당장 우째 배울라고 치우소 마."

"기본적인 거면 할 줄은 아는데……."

"기본적인 거면 뭐 헬로우? 이런 거?"

"아이고, 현진이 아부지도 영아 잘하네예."

"흠흠, 뭐 이 정도는 기본이지."

"그럼 뭐 하고 있어요. 퍼뜩 전화해 보이소."

"험험, 근데 그 정도는 아닌데……."

잠시 뜸을 들이던 아버지가 이내 고개를 절레절레 흔들었다. 소싯적에 귀동냥한 영어만으로는 한마디도 하지 못할 것 같았다.

그러자 김 여사가 슬그머니 말을 붙였다.

"현진이 아부지요."

"또 와 부르는데."

"우리 딸이 영어 잘하는데. 지금 부를까예?"

"딸? 김 여사, 딸도 있었나?"

"왜예? 내가 처녀인 줄 알았는교?"

"처녀는 무슨. 그런데 딸이 정말 영어 잘하나?"

"하모요. 미국인지 캐나다인지도 반 년 다녀왔다 아입니꺼."

"흠흠, 그런데 뭐라고 말하지?"

"뭐라고 말하긴요. 현진이가 어디 남입니꺼. 다 한 가족인데."

"하, 한 가족은 무슨! 됐다, 마! 이런 일로 딸을 뭐 한다고 부르노."

"와요. 부르면 어때서. 인자 가족이 될 텐데……."

그 말을 들은 아버지가 역정을 냈다.

"이놈의 여편네가 또 이런다. 말도 안 되는 소리 하고 있어. 조금만 틈을 보여주면 넘어온다고. 선 지키라고, 선!"

아버지라 버럭 고함을 질렀다. 그러자 김 여사는 곧바로 서운한 표정을 지었다.

"아, 거참 되게 깐깐하게 구시네. 이쯤 되면 그냥 모른 척하겠구만."

"뭘 모른 척해! 아직은 아니지."

"에이……. 현진이 아부지."

"아, 마 됐다!"

아버지는 몸을 홱 돌려 다시 기사를 읽기 시작했다. 그 뒤에서 눈을 새초롬하게 뜬 김 여사가 아버지를 째려보았다.

그러거나 말거나 아버지는 기사에 푹 빠졌고 아래에 달린 댓글을 보며 흐뭇한 표정을 지었다.

ㄴ우와, 구현진 2선발! 이게 말이 되나?

ㄴ5선발에서 포스트 시즌 2선발로 올라선 자체가 대단한 거야.

ㄴ이건 거의 유현진급이다.

ㄴ시즌 5선발에서 시작해 막판 포스트 시즌은 2선발로 나선다. 이건 그 어디에서도 유례를 찾아볼 수가 없는 큰 사건이야.

-맞아! 정말 어마어마한 거다.

-나도 조금 전에 전문가가 하는 말 들었는데. 솔직히 1선발이랑 2선발은 별 차이가 없단다. 단지 경험의 차이일 뿐이라고 하네. 만약 구현진이 이대로 성장하면 내년에는 1선발일 수도 있겠다고 하더라고.

"새끼들, 역시 보는 눈은 있어 가지고."

아버지가 댓글을 확인하며 좋아하고 있을 때 유독 하나의 댓글이 눈에 들었다.

ㄴ에인절스의 에이스는 구현진이다.

이 문구를 보고 아버지는 박수를 쳤다.

짝짝짝!

"하모! 맞다, 아이가! 이 녀석 누고? 진짜 맘에 드네."

아버지는 그 댓글을 몇 번이고 확인했다. 흐뭇한 미소를 머금은 아버지가 낮은 말로 중얼거렸다.

"현진아, 알제? 이번에는 진짜 잘해야 한다. 아부지가 빌고 있을게."

그 모습을 물끄러미 바라보는 김 여사가 있었다.

어느덧 시간은 빠르게 흘러 디비전 시리즈 1차전이 시작되었다. 에인절스는 전체 승률 3위인 인디언스를 상대했다.

이미 언론에도 나갔듯이 에인절스의 1차전 선발은 유스메이로 페페였다.

유스메이로 페페는 안정감 있는 투구로 7회까지 2점을 내줬다. 하지만 에인절스의 타자들이 침묵하는 바람에 유스메이로 페페의 호투가 묻혀 버렸다.

디비전 시리즈 1차전이라는 중압감을 이겨내고 모처럼 만에 에이스다운 모습을 보여줬지만, 에인절스는 2 대 1로 오히려 패전의 멍에를 뒤집어써야만 했다.

에인절스의 타선은 첫 경기부터 인디언스의 에이스, 크루버에게 꼼짝도 못 했다. 크루버가 올 시즌 워낙 좋은 성적을 내긴 했지만, 에인절스 타선이 고작 4안타 1득점에 그칠 만큼 형편없지는 않았기 때문에 지역 뉴스에서 난리가 났다.

[인디언스와의 2차전 선발, 이대로 괜찮은가.]

[포스트 시즌 1차전을 패배한 에인절스는 코너에 몰렸다. 올 시즌 원정경기 성적이 좋지 않은 에인절스로서는 2패를 안은 채 원정경기를 치르기에 부담스러울 것이다.]

[마이크 오노 감독은 2차전과 3차전 선발 투수 선택에 신중을 기해

야만 한다.]

기사마다 내용은 조금씩 달랐지만, 하고자 하는 말은 똑같았다.

절대적인 승리가 필요한 2차전에서 구현진은 여러모로 불안하다는 이야기였다.

이제 고작 한 경기 졌을 뿐인데 온갖 추측성 기사와 구현진에 대한 불신이 나오고 있었다.

하지만 마이크 오노 감독은 굳건했다.

"구현진은 신인이지만 올 시즌 그 누구보다 좋은 활약을 보여줬습니다. 저는 내일 구현진이 에인절스를 위해 최고의 피칭을 선보일 것이라 확신합니다."

그렇게 2차전은 예고했던 대로 구현진이 선발로 나섰다.

구현진은 마운드에 올라 흙을 스파이크로 툭툭 고른 후 첫 타자를 상대했다. 그리고 초구로 타자의 몸쪽을 향해 정확하게 파고드는 공을 던졌다.

퍼엉!

"스트라이크!"

이 공 하나로 모든 것이 끝이 났다.

"이길 수 있어!"

구현진은 초구 하나로 이길 수 있다는 자신감을 얻었다. 그 자신감으로 구현진은 1번 타자 프란시스콘 린을 삼진으로 돌려세우며 산뜻하게 출발을 했다.

그러나 2번 타자 로니 치나가 2루수 키를 넘기는 빗맞은 행운의 안타를 때리고 말았다. 게다가 3번 후노 라미레즈에게 2루타까지 맞았다.

그 결과 1사 주자 2, 3루가 되었다.

원래 후노 라미레즈는 아웃으로 잡을 수 있었다.

다만 운이 안 좋게 후노 라미레즈의 타구가 1루 베이스를 맞고 튕겨 버리고 말았고 그사이 1루 주자는 3루까지 가고, 후노 라미레즈는 2루까지 간 것이다.

그 뒤 4번 타자 에드 엔카나시온이 타석에 들어섰다. 강타자답게 타석이 꽉 찰 정도로 위압감을 내뿜고 있었다.

이런 상대일수록 구현진의 구위는 더욱 빛을 발했다. 그러나 투 스트라이크까지 잘 잡은 구현진은 유인구 승부를 펼치다가 풀 카운트까지 몰리게 되었다.

하지만 혼조가 몸쪽 높은 코스의 포심 패스트볼을 요구했고 에드 엔카나시온이 헛스윙을 하며 구현진은 위기에서 벗어났다.

하지만 2사 2, 3루의 위기는 여전했다.

타석에 5번 타자 제이슨 브루스가 들어섰다. 좌타석에 선

제이슨 브루스의 눈빛이 날카롭게 빛났다.

홈런 타자인 만큼 외야수들도 앞쪽이 아닌 뒤쪽을 수비하고 있었다.

구현진은 혼조에게 사인을 받고 투구를 시작했다.

초구는 볼이었다. 2구 역시 몸쪽으로 깊숙이 파고드는 볼이었다. 이어 3구로 던진 몸쪽으로 휘어지는 슬라이더를 제이슨 브루스가 때려 파울이 되었다. 4구째 공 역시 높게 들어오는 볼이었다.

제이슨 브루스가 오늘따라 공을 잘 보고 있었다.

혼조는 순간 당황했다.

'선구안이 갑자기 좋아졌어? 아니면 착각인가?'

혼조가 고개를 갸웃하는 사이 구현진은 투구할 준비를 마쳤다.

'1스트라이크 3볼이야. 일단 볼넷으로 1루를 채우고 장타는 주지 말자! 어렵게 가자!'

혼조의 의도를 깨달은 구현진이 고개를 끄덕였다. 바깥쪽으로 뚝 떨어지는 체인지업을 요구했다. 구현진은 혼조가 요구한 코스로 체인지업을 던졌다.

그때 제이슨 브루스가 방망이를 힘껏 돌렸다.

딱!

그대로 어퍼 스윙을 가져가며 떨어지는 체인지업을 때려냈다.

그런데 방망이 끝에 맞고 중견수 쪽으로 높이 치솟았다.

구현진이 곧바로 고개를 돌렸다.

중견수 매니 트라웃이 재빨리 앞으로 뛰기 시작했다. 수비 위치를 뒤쪽으로 깊게 잡고 있던 매니 트라웃은 당황했다.

그 모습을 지켜보는 구현진은 놀랐다.

"어, 어, 어……."

매니 트라웃이 이를 악물고 달려갔다. 힘이 떨어지며 공은 천천히 낙하했다.

하지만 매니 트라웃의 글러브에 닿기에는 좀 멀어 보였다.

그사이 공은 바닥에 떨어지려고 했다. 매니 트라웃이 달려가던 그 힘을 이용해 앞으로 몸을 던졌다.

좌라라라라!

그리고 매니 트라웃이 멈췄다. 모두의 시선이 매니 트라웃에게 향했다. 매니 트라웃은 엎어진 상태로 가만히 있다가 글러브를 쥔 손을 들었다.

그 순간 관중들의 환호가 들려왔다.

"와아아아아아!"

매니 트라웃의 파인 플레이에 동료들이 박수를 보내주었다. 특히 구현진은 하트까지 날리며 매니 트라웃에 고마움을 표시했다.

"트라웃! 역시 너밖에 없어! 이러니 내가 널 안 좋아할 수가 없단 말이야!"

매니 트라웃이 글러브 안에서 공을 빼서 유격수에게 던졌다. 그 길로 가볍게 뛰며 더그아웃으로 향했다. 관중들에게 뜨거운 함성이 들려왔다.

구현진 역시 가슴을 쓸어내리며 더그아웃으로 들어갔다. 그때 혼조가 구현진에게 다가와 말했다.

"조금 위험했다."

"그러게. 트라웃이 살렸네!"

"운이 따르는 건 여기까지라고 생각해. 매번 트라웃의 호수비를 기대할 수는 없다고."

"알았어, 잔소리는."

"아무튼, 2회부터는 정신 차리고 잘하자!"

"알았다니까."

두 사람은 가볍게 글러브를 부딪쳤다.

그렇게 에인절스의 1회 말 공격이 시작되었다.

To Be Continued